この世で一番の奇跡

オグ・マンディーノ 著
菅 靖彦 訳

PHP文庫

○本表紙図柄＝ロゼッタ・ストーン（大英博物館蔵）
○本表紙デザイン＋紋章＝上田晃郷

わたしはまた主の言われる声を聞いた、「わたしはだれをつかわそうか。だれがわれわれのために行くだろうか」。その時わたしは言った、「ここにわたしがおります。わたしをおつかわしください」。

（イザヤ書第6章8節）

いま行って、これを彼らの前で札にしるし、
書物に載せ、
後の世に伝えて、とこしえにあかしとせよ。

（イザヤ書第30章8節）

※出典（日本聖書協会『聖書　口語訳』）

もくじ

1　駐車場の救世主

はじめて会ったとき？

彼は鳩にエサをやっていた。

この単純な慈善行為そのものはめずらしくはない。サンフランシスコの波止場やボストン広場、タイムズ・スクウェアの歩道、そしてあらゆる街の人目につく場所で、ふだん、ろくな食事をしていないにもかかわらず、鳥たちにパンのかけらを投げあたえている老人の姿が見かけられる。

ただし、この老人が鳥にエサをやっていたのはひどい吹雪の最中だった。カー・ラジオで聞いたニュースによれば、シカゴの市街地やその周辺部には、すでに六十五センチもの記録的な積雪があり、やっかいな事態になっていた。

わたしは仕事場の裏手の一画にある、セルフ・サービスの駐車場の入口に車を寄せようとしていた。雪で後輪がスリップするので苦労したが、ようやくやや傾斜した歩道へと車を乗りあげることに成功したとき、この老人の姿に気づいた。

老人は驚異的な自然の力をものともせず、大きな雪の吹きだまりのきわに立って、褐色の紙袋からパンのかけらとおぼしきものをせっせと取りだしては、鳥の群れにむかっててていねいに投げあたえていた。ほぼ足首まである、ひだの寄った軍服スタイルの外套に身をつつんだ老人の周囲を、鳥たちは旋回したり、急降下したりしていた。

かすかな音をたててメトロノームのようにフロント・ガラスを左右に掃くワイパーごしに彼を眺めながら、わたしはハンドルに顎《あご》をのせ、ドアをあけて猛吹雪のなかに出ていく意志をふるいおこそうとしていた。ゲートの遮断機を上げるには、作動装置のところまで歩いていく必要があった。

老人は園芸用品店でよく見かける聖フランシスの石像を彷彿《ほうふつ》とさせた。肩まである髪はほぼすっぽりと雪におおわれ、顎ひげにまで雪が降りかかっていた。濃い眉毛にも雪片がくっつき、頰骨《ほおぼね》の高い浅黒い顔の特徴をきわだたせていた。

首につるした革紐《かわひも》に取りつけられた木製の十字架が、パンのかけらをほどこすたびに左右に揺れていた。左の手首には物干し用の綱が結びつけられ、下に垂れた綱の先が、まだら模様のバセット犬の首に巻きつけられていた。垂れ下がった犬の耳は、昨日の午後以来降りつもった雪の上に引きずられていた。

見つめていると、老人の顔が突然ほころび、鳥に話しかけはじめた。ふと心がなごんだわたしは、ドアのノブに手を伸ばした。

家から仕事場までおよそ四十キロの道のりだったが、今日は三時間以上もかかっていた。満タンだったガソリンも半分にへり、わたしの忍耐もほとんど限界に達していた。二四〇〇ccの愛車のエンジンも、ずっとローで走らなければならなかったため、愚痴をこぼしどおしだった。起伏の多いウィロウ・ロードを走っているときには、立ち往生したトラックや車を数えきれないほど通りこした。その後、イーデンス高速道を下り、タウヒィ・アベニューを通り、デボン・アベニューの東のリッジ・ストリートを横切り、ブロードウェイの交差点を抜け、ウィンスロップ・ストリートにあるこの駐車場にたどりついたのだ。

こんな日の朝、仕事にでかけようとすることさえ、正気の沙汰ではなかった。

けれども、この三週間、自著『世界一のセールスマン』のプロモーションのため、合衆国の各地を転々と旅行して歩き、ラジオとテレビあわせて四十九局の聴衆を前にして、あるいは二ダース以上の新聞記者を前にして、ねばり強さこそもっとも重要な成功の秘訣の一つだと言ってきた手前、猛《たけ》りくるった母なる自然という魔女にも打ち負かされるわけにはいかなかった。

おまけに金曜日には会社の役員会が予定されていた。サクセス・アンリミティッド・マガジン社の社長として、各部署の責任者と前年度の業績を振りかえり、来年度の計画を検討するためには、今日の月曜日はむろんのこと、一日おきのミーティングが必要だった。これまでもずっとそうしてきたように、わたしは万全の準備をしておきたかった。役員会の長テーブルの上座にいったん坐ったら、わたしを困らせるどんな質問が飛びだすかわからないからだ。

荒廃が進む地域の真ん中にあるその駐車場は、一日二十四時間の間に二度、その性格をがらりと変えた。夕方から夜間にかけては、プライドのある中古車販売業者なら廃品としてしか売らないような車両に占有されていた。それらの車はこの地域のアパートの住人の持ち物だった。彼らのすすけた建物を両断する狭い通りには、駐車する場所がないのだ。

そして、朝になると、それらの車はすべて郊外の工場にむけて大移動する。かわりに、郊外に住む弁護士、医師、ロヨラ大学の学生たちが仕事や勉学のために街にやってきて、駐車場はメルセデス・ベンツ、キャデラック、コルベット、BMWといった車でふたたび満たされる。

それ以外では一年じゅう、この駐車場は地域の住民にとって手のほどこしようのない、かさぶた傷のようなものだった。わたしは長年そこに車を駐車しているが、駐車場のオーナーが、散らかった屑《くず》、濡れた新聞紙、アルミ缶、空っぽのワインの瓶などをかたづけようとしているところを見たことがない。それらのゴミは錆《さ》びついた鎖でできたフェンス沿いにたまり、病原菌の山を築いていた。そんなことでまかりとおっている唯一の理由は、その界隈《かいわい》に、ほかに公共の駐車場がないからだった。

しかし今日は、罪のあかしが一メートル近い雪の下にすべて埋もれているため、駐車場はカリフォルニアの広々としたパシフィック・グローブ・ビーチに変わり、つい昨日まで自動車だったものが白い砂浜の山のように見えた。どうやら今朝は、この地域の人たちが脱出する口はないようだった。今やイグルー〈イヌイットの雪の家〉と化した、雪に埋もれたマシーンをひと目見た連中は、バスに乗るか、自宅のベッドに戻ってしまったかしただろう。

駐車場の入口には、なかが空洞になった鉄棒の遮断機が架けられていた。遮断機をのせている二本の柱は、およそ二メートル七十センチほどの間隔をおいてコンクリートに埋めこまれていた。遮断機を上げて駐車場に入るには、二枚の二十五セント玉を白いコイン・ボックスの溝に入れる必要があった。硬貨によって電気装置が作動し、遮断機が上がる仕組みになっていたのだ。そして、遮断機の下を通過して車を場内に乗り入れると、地面のアスファルトのなかにしこまれた装置を車輪が圧迫し、自動的に遮断機が下りるしかけがしてあった。駐車場から出ていくときには、もう二枚の硬貨が入り用だった。……もっとも、ひと月二十ドル払えば借りられる特別な鍵があればべつだった。駐車場に出入りするとき、黄色いボックスに鍵をさしこみ、遮断機を操作することができたのだ。

鳥にエサをやる〝良きサマリア人〟〈強盗に襲われた重傷の人に通りがかった三番目の人で、けが人を救った旅人。ルカによる福音書第10章33節にある逸話〉から注意をそらし、ダッシュボードから遮断機の鍵を取りだした。車のドアを押すと、積もった雪がドアに引っかかり、かなりの抵抗があった。慎重に外に出たわたしは、こんな日にゴム製の短靴をはく大人の愚かさをすぐに思い知らされた。

老人は鳥にエサをやる手を休め、わたしのほうを見て、手をふってよこした。犬が一度ほえたが、主人の言葉で黙らされた。わたしは彼に会釈し、うんざりしたような笑顔を無理につくった。わたしが言った「おはようございます」というよそよそしい挨拶の言葉は、吹雪にかき消されてしまった。

彼の返事は周囲の建物に響きわたるかのようだった。それは、いまだかつて聞いたことがない深みのある声だった。かつてダニー・トーマスが、ラジオのコメンテーター、ポール・ハーベイに会ったとき、「君は神になったほうがいい。君の声はまさに神のようだからね」と言ったことがある。その老人の声は、わたしの友人のポールでさえ内気な聖歌隊の少年と思わせてしまうような響きをもっていた。

「こんにちは、いい日ですな」

わたしは彼の言葉に口だしする力も欲求もなかった。黄色いボックスにさしこんだ鍵を回し、装置が作動する音を確認すると、半分すべりながら車に戻った。背後では、毎朝、何千回となく聞いたことのある、遮断機がもち上がるときのギシギシきしむ音がしていた。

ところが……車内に戻り、ギアを「ドライブ」に切り替え、深い雪のなかを駐車場の奥にむかおうとしたとたん、遮断機が大きな金属音をたてて下り、もとの水平の位置に戻ってしまった。

ため息をもらしたわたしは、ギアを「パーキング」の位置に戻し、ドアをあけて冷たい雪のなかへと足を踏み入れた。黄色いボックスにすべるようにして近づき、ふたたび鍵をさしこんで回す。遮断機が上がり、錆びついた鉄棒の先が雪で満たされた天を指したが、ボンという音をたててまたもや落ちてしまった。いらいらしながらもう一度鍵を回したが、今度は、スイッチが入るカチッという音さえ鳴らなかった。何度くりかえしても同じことだった。湿気のため、配線がショートしてしまったのだろうか？　いずれにしろ、駐車場に車を入れる方法はほかになかった。もしこのまま路上に車を放置すれば、レッカー車でもっていかれるにちがいない。膝まで雪に埋まって突っ立ったまま、目に降りかかる雪を払い、この中途半端な旅の愚かさを呪った。

これまで、ねばり強さの大切さについて書いたりしゃべったりしてきたが、そのいっさいを疑いたくなった、ちょうどそのときのことだった。鳥にエサをやっていた見知らぬ人物が、自己憐憫《れんびん》にひたるわたしの思考を妨げた。

「手伝いましょう」

その声は、じつにあらがいがたいものだった。朗々たるその声音には、単なる援助の申し出ではない、命令の調子がふくまれていた。こちらに近づいてきたので、わたしは肉の削《そ》げたいかつい彼の顔を見あげた。大きな褐色の瞳をしたすばらしい顔だった。わたしはべつに小男ではないので、彼は二メートル十センチ近い背丈があったにちがいない。このアブラハム・リンカーンのような風貌の人物にむかって、わたしは顔をほころばせ、肩をすくめて言った。「どうもありがとう。でも、手の打ちようがないと思うんだけど」

瞳や口の周辺の深い窪《くぼ》みが弓形にゆがみ、いまだかつて人間の顔には見たことのない温かなやさしい笑顔がこぼれた。思いどおりにならない遮断機のほうに注意をうながして老人は言った。

「だいじょうぶ。ボックスに鍵をさしこんで、また回しなさい。遮断機が上がったら、わしがその下にもぐりこみ、両手でバーをつかんで、車が通過するまで持っていましょう。そして通り過ぎたら下ろします」

「重い遮断機ですよ」

駐車場内に彼の笑いが響きわたった。

「年はとっていますが、こう見えてもわしは力持ちなんですよ。それに、あなたが困っているのをほっとくわけにはいかんでしょう。『すべての高貴な仕事は最初、不可能に見える』とカーライルは書いています」

「カーライルですって？」

「そう、カーライルです。トーマス。十九世紀の英国のエッセイストですよ」

信じられなかった。わたしは氷のように冷たい風に顔面をなぶられながら、雪の吹きだまりのなかに立っていた。足はずぶ濡れで凍《こご》えそうだった。今にも雪男に変貌してしまいそうだったのだ……なのに、長髪の七十がらみのヒッピーは、英国文学のミニ授業をわたしにしているのだ。

ほかにどうすることができよう？　わたしは自分で選択することの大切さを信

じているが、選択の余地がないときや状況もあることを知った。口ごもりがちに感謝の気持ちを述べ、老人がバセット犬をフェンスにつないで戻ってくるのを待った。やさしくフェンスのところまで犬を引っ張っていった老人は、手首に結びつけていた綱をはずし、それを二個の鎖にゆわえつけた。それからわたしのそばに戻ってきて、うなずいた。ほとんど反射的に彼の無言の指示にしたがい、ボックスに鍵をさしこんで回した。遮断機の棒がうなりながら上昇しはじめた。すると老人はその下にもぐりこみ、ちょうど落っこちそうになったとき、しっかりと両手で冷たい金属の棒をつかんだ。

それからの数分間の出来事については、何度も考えてみたものの、あまりはっきり覚えていない。たぶん、朝食にほんの軽い食事をいそいでとっただけなのと、長時間のドライブが重なって、エネルギーが消耗してしまったのだろう。めまいを感じ、視覚がぼやけてしまったようだ……何者かがわたしのメガネにワセリンを塗りつけたかのようだった。すべてがぼんやりして見えた。目の前の幻影に焦点を合わせようとすると、体に不思議な震えが走った。

降りしきる雪をとおして、彼の胸に木の十字架が見えた。ひょっとしたら、それが幻想を引きおこしたのかもしれない……長髪、顎ひげ、頭上に四十五度の角度で広げられた両腕……遮断機の棒……十字架の横木……磔刑《たっけい》のためゴルゴタの丘に引きたてられていく罪人が背負わされた十字架……。

せっぱつまった彼の声が、わたしの幻想を打ち砕いた。

「急ぎなさい。今だ！　入ってくるんだ！」

あわてて車に戻ったわたしは、ギアをローに入れ、ゆっくりとアクセルをふかした。タイヤが雪をつかみ、そろりそろりと前進しはじめる。遮断機の下にいる見知らぬ人物を通り越し、ゲートをくぐりぬけた。

雪があまり積もっていないところを選んで慎重に車を停め、イグニッションを切った。両手が震え、胸は動悸をうっていた。両脚は弱々しく感じられた。後ろの座席に手を伸ばしてアタッシェ・ケースを引っ張りだし、ドアをあけて、頭から雪のなかにたおれこんだ。起きあがって雪を払いのけ、車のドアに鍵をかけた。

老人に感謝の言葉を述べようと、ゲートのほうを振りかえった。

駐車場の救世主はどこにも見当たらなかった。

2 廃品になった人びと

春の終わりまで、彼とは出会わなかった。

えんえんとつづくかに思われたある金曜日のこと。月刊誌を発行するためにやらねばならないことが、日中、加速度的にふえていた。小さな問題をすべてかたづけ終わったころにはわたしはひとりっきりで、肉体的にも精神的にも疲れはてていた。

自分のデスクに坐り、置き時計のおだやかな針の音を聞きながら、帰宅するまでの長いドライブのことを案じていた。こんな時間になっても、イーデンス高速道は混雑しているにちがいなかった。しつこく浮かんでくる疑問が、また心に浮かんできた。

「おまえはどうしてこんなに一生懸命働いているんだ?」

「一度ナンバー・ワンになったら、もっと楽になると思ったんじゃないのか?」

「どうして辞めないんだ? おまえの本の印税はすでに給料の四倍以上になってるというのに」

「雑誌が成功した今、これ以上なにを証明しようとしているんだ?」

「どこか平和で静かなところに行って、おまえのなかにまだくすぶりつづけているものを本に書いたらどうなんだ?」

習慣とプライド。この二つが、そうした質問に対する唯一の論理的回答であるように思われた。三人のスタッフを使って月々四千部しか発行していなかったサクセス・アンリミティッド・マガジンを、わたしは月に二万部発行する現在の雑誌にしたてあげたのだ。スタッフの数も今や三十四人にまでふえていた。けれどもわたしは、この国には、まだ一億二千万人の潜在的な定期購読者がいることを知っていた。それらの定期購読者を掘りおこすのが一つの挑戦課題だった。「うぬぼれは天国にはじまり、地上でつづき、地獄で終わる」という言葉があるが、誰が書いたのか思いだせなかった。

メガネをアタッシェ・ケースにしまい、ジャケットとコートをつかみ、明かりを消して、オフィスに鍵をかけた。ブロードウェイとデボン・アベニューの角のところにある街灯からくる明かりしかないので、あたりは暗かった。わたしは写真屋の脇を通り、われわれの建物の後ろの高架下の路地を横切り、小さな入口を通って、「自分で駐車をどうぞ、五十セント」という、ひびわれたオレンジと黄色の派手なネオンサインが点滅する駐車場に入っていった。

近隣に住む人びとの車でほぼ埋まった薄暗い駐車場を半分ほど横切ったとき、わたしは彼を見つけた。丈の高い彼のシルエットが、駐車してあった小型トラックの背後から音もたてずに現われたのだ。暗闇のなかでさえ、彼だとわかった。そのあとで、犬が後ろからついてくるのが見えた。わたしは方向を変え、彼のほうに歩みよっていった。

「こんばんは」

例の低音の声がかえってきた。「こんばんは、美しい晩ですね」

「あの雪の日、助けてもらったお礼を言う機会がなくて」

「気になさらんでください。わしらはみなお互いに助けあうためにいるのですから」

わたしはズボンの脚に鼻をすり寄せるバセット犬の頭を軽くたたいてから、老人のほうに手を差しのべて言った。「わたしはマンディーノ……オグ・マンディーノです」

彼の巨大な指がわたしの手を押し包んだ。

「お会いできて光栄です、ミスター・マンディーノ。わしの名前はサイモン・ポッター……この四つ脚の同僚はラザロ〈イエスが墓から生き返らせた男の名〉という名です」

「ラザロ？」

「そう。寝てばかりいるので、生きているのか、死んでいるのかわかりませんが……」

わたしは笑った。

「失礼ですが、ミスター・マンディーノ、あなたのお名前は、たいへん、特殊ですね。オグ、オグ……どう綴るんです？」

「O－Gです」

「本当の名前ですか？」

わたしはふくみ笑いをもらした。「いえ、本当の名前はアウグスティンです。ハイスクールのとき、学校新聞にコラムを書いてたんですが、ある月、ＡＵＧと署名したんです。書いてから、変えたいと思い、発音どおり、ＯＧと綴ることにしたんですよ。それから習慣になって」

「それはめずらしい名前だ。世界じゅうさがしてもオグなんていう名前はそうないでしょう」

「一つあるということは、たくさんありうるのだ、と言われたことがあります」

「まだ書いておられるんですか？」

「ええ」

「どんなものを？」

「本や記事など」

「出版されたものは？」

「五冊ほどあります」

「それはすばらしい。空のワインの瓶がちらかったこんなところで本の著者とお会いできるなんて……」

「でも、著者に会いやすいのはそんな場所でしょう」

「そうですね。残念ながらそれが真実です。わしもちょっとだけ書いているんです……ただの暇つぶしと自己満足のためですが」

老人はわたしの顔を調べようとするかのように近づいてきた。

「お疲れの様子ですね、ミスター・マンディーノ……というより、ミスター・オグとお呼びしたほうがよろしいでしょうか」

「疲れましたよ。なにしろ、休みなく働きどおしだから……」

「家まで遠いんですか？」

「四十キロぐらいですね」

サイモン・ポッターは身をひるがえして、駐車場に面したくすんだアパートを長い腕で指し示した。四階建ての褐色のレンガ造りの建物だった。

「わしはあそこに住んでいます。二階です。長時間のドライブをする前に、ちょっと寄って、シェリーを一杯いかがですか。きっとくつろげますよ」

頭を横に振ろうとしたが、あの雪の日と同じように、彼の誘いを断れなかった。車のドアをあけ、コートとアタッシェ・ケースを投げ入れると、ドアに施錠し、ラザロのあとについていった。

われわれは掃除されていないロビーを通り抜け、黄ばんだプラスティックの名札がついたでこぼこの真鍮《しんちゅう》のメイル・ボックスを通りこし、穴ぼこだらけの古びたコンクリートの階段をのぼった。ステンシルで赤く「21」という数字が書いてある、松の木に似せて仕あげたドアの前までくると、老人はポケットから鍵を取りだしてあけ、おおげさな身ぶりでわたしに入るよううながした。それから、すばやく明かりのスイッチを入れて、言った。

「みすぼらしい侘《わ》び住まいですみませんな。ラザロはいますが、ひとり暮らしなんです。家事は苦手でして」

あやまる必要などなかった。毛羽だたない仕あげをしてある楕円形のカーペットからクモの巣のない天井にいたるまで、小さな居間はこざっぱりして清潔だった。ほとんどすぐにわたしは何百冊という本を目にした。二つの大きな書架から溢《あふ》れ、所有者と同じぐらいの高さに積まれていた。

わたしはいぶかしげにサイモンを見た。彼は肩をすくめ、なごやかな笑みを浮かべた。

「読書して……考えること以外、老人になにができるでしょう? どうぞ、お楽に。シェリーを注《つ》いできますから」

サイモンがキッチンに消えると、わたしは本のそばに歩みより、タイトルを読みはじめた。この魅力的な巨人について、なにかがわかると思ったのだ。頭を上げて、本の背に沿って視線を走らせた。

ウィル・デュラントの『シーザーとキリスト』、ジブランの『預言者』、プルタークの『英雄伝』、フルトンの『神経系の生理学』、ゴールドシュタインの『生体の機能』、アイズリーの『予想外の宇宙』、セルバンテスの『ドン・キホーテ』、アリストテレスの『形而上学《けいじじょうがく》』、フランクリンの『自伝』、メニンガーの『人間の精神』、ケンピスの『キリストにならいて』、そのほか『タルムッド』、何冊かの聖書……。

ホストがわたしのワイン・グラスをもって近づいてきた。それを受け取ったわたしは、彼のグラスにそっと合わせた。グラスのへりが触れあい、静かな部屋にやさしいすてきな音をかなでた。

「わしらの友情に。友情が長くつづき、いいことがたくさんありますように」とサイモンが言った。

「アーメン」とわたしは答えた。

グラスで本のほうを指して、サイモンは言った。「わしの蔵書を、どうお思いですか？」

「すばらしい蔵書ですね。わたしのものにしたいくらいですよ。広い関心をおもちですね」

「それほどではありません。長年、古本屋に通いつめて集めたものです。でも、これらの本には、ほかの本とは一線を画す共通性があります」

「共通性？」

「そうです。それぞれの本は独自の方法で、〝この世で一番の奇跡〟のある面をあつかい、説明しているのです。ですから、これらの本をわしは〝神の手〟のかかった本と呼んでいます」

「神の手ですって？」

「言葉にしがたいのですが……ある種の音楽、美術作品、著作、戯曲などは作曲家、アーティスト、著者、戯曲家ではなく、神によって生みだされたものだとわしは確信しています。それらの作品の創造者とわしらがみなしている人たちは、わしらと交信するために神に採用された楽器にすぎなかったのです。どうなさいました、ミスター・オグ？」

どうやら、彼の言葉を聞いて、わたしは飛びあがったらしい。ほんの二週間前、ニューヨークで、バリー・ファーバーがホストをつとめるラジオ番組に出演していたとき、彼は聴衆にむかい、まさに「神の手」という言葉を使って、わたしの本をほめそやしたのだ。

「じゃあ、神が古代のユダヤの預言者の時代にしていたのと同じように、今でも、わたしたちとコミュニケーションしていると信じているんですね？」

「そのとおりです。当時、何千年もの間、世界は、神の意志を宣言し、説明する無数の預言者の行進を目撃しました。エリヤ、アモス、モーゼ、エゼキエル、イザヤ、エレミヤ、サミュエル、そして、イエスとパウロにいたるまでのすばらしいメッセンジャーたちのことです。その後……なにもなかったとはとうてい信じられません。たとえ、どんなに多くの預言者たちが嘲《あざけ》られ、暴虐を受け、責められ、ときに殺されたとしても、最終的に神がわしらのことを見放し、わしらの必要に背をむけたとは考えられません。一部には、わしらがあまりに長い間、神の言葉に耳をかさなかったため、神は死んでしまったにちがいないと考えるにいたった者たちもいますが、わしは神がそれぞれの時代に、特別な人びと、才能のある人びと、賢い人びとを送りこみつづけていると心の底から信じています……それらの人びとはみな、すべての人間がこの世で一番の奇跡をなしとげる能力をもっているという同一のメッセージを、さまざまな形ではこんでいるのです。その時代その時代の文明の取るに足らないささいなことにとらわれて、神のメッセージを理解しそこなったというのが、人間のもっとも悲しむべきあやまちなのです」

「誰でもなしとげられるこの世で一番の奇跡って、なんですか？」

「それには、まず、奇跡の定義が必要でしょう。ミスター・オグ、あなたならどう定義しますか？」

「そうですねえ。奇跡っていうと、自然や科学の法則にそむいておこるなにかだと思います……そういう法則の一時的な停止って言ったらいいかな……」

「非常に的を射た正確な定義です。では、教えてください。あなたは自分が奇跡をおこなえると……つまり、自然や科学のなんらかの法則を止められると信じていますか?」

わたしは神経質に笑い、頭を振った。老人は立ちあがると、コーヒー・テーブルから小さなガラスの文鎮を取りあげ、わたしのほうにかざした。「もしわしがこの文鎮を手放せば、床に落ちます。そうではありませんか?」

わたしはうなずいた。

「文鎮が床に落下することを定義したのは、なんの法則ですか?」

「重力の法則でしょう?」

「そのとおりです」と言うと、老人はなんの前ぶれもなく、文鎮を手放した。わたしは本能的に手を伸ばし、床に落ちる前にそれをつかまえた。

サイモンは両手をもみ、満足げににやにやしながら、わたしを見下ろした。

「あなたがたった今、なにをしたかおわかりですか?」

「あなたの文鎮をつかんだんです」

「それ以上のことです。あなたの行為は一時的に重力の法則を止めたのです。奇跡をどう定義しようと、あなたはたった今、その一つをやってのけたのですよ。ところで、今まで、この地球上でなされた最大の奇跡はなんだと思いますか？」

数分間、わたしは考えた。「おそらく、死者が生き返ったという例でしょう」

「同感です。きっと世論も同意するでしょう」

「でも、この部屋に積まれている本とそれが、どう結びつくんです？　死から蘇《よみがえ》るための秘密の方法なんか、それらの本には書かれていないと思うんだけど」

「いいや、それが書かれているのですよ。ほとんどの人間は、程度の差はありますが、すでに死んでしまっています。なんらかの形で、彼らは自分の夢や希望、より良き人生をおくりたいという欲求を失ってしまっているのです。自分を愛そうとすることをやめてしまい、自分の偉大な可能性をあきらめてしまっている。そして、日夜、絶望と涙にかきくれる平凡な生活に甘んじているのです。彼らは選択の権利を葬《ほうむ》りさった、墓場に閉じこめられた生きた屍《しかばね》にほかなりません。しかし、そうした状態にとどまっている必要はないのです。そんな悲しい状態から復活することができるのです。この世で一番の奇跡を誰もがなしとげられる。みんな死から蘇ることができるのです……ここにある本には、自分がなりたいものになり、真に豊かな人生を達成するために自分自身の人生に適用できる単純な秘密、テクニック、手順などが書かれています」

なんと言っていいか、また、どう応じていいかわからなかった。じっと坐ったまま彼を見つめていると、彼が沈黙を破った。「個人がそのような奇跡を演じられると信じますか?」

「ええ、まあ……」

「ご自分の本のなかでそのような奇跡について書いたことは?」

「……それらしきものは」

「あなたが書いたものを読みたいですな」

「なんなら処女作を一冊お持ちしますよ」

「そのなかには奇跡が書かれていますか?」

「ええ……奇跡と呼んでいいものはあります」

「それを書いたとき、神の手が自分に働きかけていると感じましたか?」

「わかりません……働いていたとは思えないんですけど」

「たぶん、わしが読んでみれば、はっきり言えるでしょう」

そうしたやりとりのあと、われわれは黙りこんで坐っていた。ときおり静寂を破るのは、デボン・アベニューの轍《わだち》にはまったバスやトラックがたてる重々しい音だけだった。わたしはシェリーをすすり、くつろいだ気分になった。この数カ月ほど体験したことのないような平和に満たされた。椅子の脇にある磨き上げられた小さなテーブルにグラスをおいたとき、小さな真鍮のフレームに収められた二枚の写真に目がとまった。一つはすてきな黒髪の女性の写真で、もう一つは軍服に身をつつんだ金髪の男の子の写真だった。チラリとサイモンをうかがうと、無言の問いかけを感じたらしく、

「妻と子供です」

と言った。

わたしはうなずいた。ほとんど聞こえないほど小さな声で、小さな部屋をただよってくるような感じだった。「二人とも死にました」

目を閉じ、ふたたびわたしはうなずいた。彼の次の言葉はほとんどささやきに近かった。「ダッハウ、一九三九年」

目をあけると、老人は頭をたれ、しっかりと組んだ巨大な両手を強く額《ひたい》におし

つけていた。それから、他人に自分の悲しみを一瞬さらしてしまったことに困惑したかのように、上体を起こし、笑顔をこしらえた。

わたしは話題を変えた。「あなたはなにをしているんですか？　仕事をもってらっしゃるんですか？」

老人はしばしためらったあと、ふたたび笑顔を見せ、両手を広げて控え目に言った。

「じつはラグピッカーです」

「一九三〇年代のはじめに、スープを無料で配給する施設ができたのと飢餓行進のおかげで、誰もそういう仕事をしなくなったと思っていましたが」

サイモンは手を伸ばしてわたしの肩におき、そっと肩をつかんだ。「本来、ラグピッカーというのは生計をたてるために、街角やゴミ溜からぼろ布や不用品をあさる人のことです。ほぼ完全雇用になってきた最近では、そういう光景は街角でほとんど見かけなくなりましたが、状況が変われば、また出てくるでしょう」

「そうでしょうか。近年の犯罪率の増加を考えると、ひったくりとか、武器を使った強盗とか、もっと手早く簡単に現金を手に入れる方法に訴える人が増えているんじゃないかという気がするんですが」

「そうであってほしくはないが、あなたの言うことが正しいかもしれません。しかし、紙や金属の価格が高騰している今日、ラグピッカーでも充分やっていけるでしょう。けれども、わしはそのようなラグピッカーではないのです。わしがさがしているのは、古新聞やアルミのビール缶よりももっと貴重なものです。廃品になった人間をさがしているのです。他人だけではなく、自分自身にさえ捨てられてしまった人間、偉大な可能性をもっているにもかかわらず、自分を愛する心を失い、より良い人生を求めようとしなくなった人たちのことです。そういう人を見つけたら、新たな希望と目的意識をあたえて、生きながら死んだ状態から蘇るのを手伝うのです……わしにとって、それこそ、この世で一番の奇跡なのです。わしの職業、と言っていいのかはわかりませんが、そこでは、ここにあるような〝神の手〟によって書かれた書物から受け取った知恵がとても役立ちます。

わしがよくつけているこの木の十字架を見てください。これはかつて船積みの仕事をしていたある若者が彫ったものです。ある晩、ウィルソン・アベニューで偶然、出会いました……というより、彼がわしに出会ったと言うべきでしょうか。彼は酔っていました。ブラック・コーヒーを何杯かふるまい、冷たいシャワーを浴びさせ、少し食事をさせたあと、話しあいました。彼はほんとうに魂を失っていて、妻と二人の子供をまっとうに養えないことで、押しつぶされそうになっていました。ほぼ三年の間、二つの仕事をかかえ、一日に十七時間も働きつづけ、限界に達していたんです。わしと会ったとき、酒に逃げこもうとしていました……生きながら死んだ状態にあることを直視せず、自分はすばらしい家族に値しないという良心のささやきに耐えられなくなっていたのです。わしは、よくあることで、絶望する必要などないと言いきかせました。それで彼は夜の仕事に行く前、ほぼ毎日、ここを訪れるようになったのです。わしらは一緒に、古代から現代まで言いつがれている幸福と成功の秘密を探り、話しあいました。ソロモンからエマソンやジブランにいたるまで、あらゆる賢人を引っ張りだしてきて、話題にのせました。それを彼は真剣に聞いていたのです」

「それで、どうなったんですか？」

「千ドルためた時点で、両方の仕事を辞め、家族を古いプリモウスに乗せて、アリゾナにむかいました。今では、スコッツデールのはずれの街道沿いに、小さな店をもっています。そして、かなり大きな木彫り作品を手がけはじめています。ときどき、手紙をくれますよ。人生を変える勇気をあたえてくれたということで、いつもわしに感謝してくれています。この十字架は彼の最初の木彫り作品の一つでした。今、彼は幸福で満たされています……裕福ではありませんよ、幸せなだけです。ミスター・オグ、わしらのほとんどは自分自身を閉じこめる監獄を作るのです。一定の期間、そのなかに住んでいると、その監獄の壁に慣れてしまい、人生とはこんなものだという偽りの前提を受け入れるようになるのです。そういう信念にとらわれるやいなや、人生をなんとかしようとか、夢を実現しようという希望を捨ててしまいます。あやつり人形になり、生きながらの死に苦しめられるようになるのです。ある社会運動やビジネス、他人の幸福のために自分の人生を犠牲にするのは感心すべき尊いことかもしれません。でも、自分がみじめで、満たされていなければ、そして満たされていないことを知っていたとすれば、そうした生活をつづけるのは偽善であり、嘘なのです。そんな生活は、創造者があなたのなかに植えつけた信仰に対する反逆です」

「サイモン、ちょっと待って。他人の人生に干渉すべきじゃないとか、干渉する権利はないと思ったことはないんですか？　実際、みんなはあなたをさがしてなどいない。あなたのほうから彼らを見いだし、新しい人生をおくれると説得しなきゃなりません。あなたは神を演じようとしているんじゃないですか？」

わたしの明らかな理解不足に同情するかのように老人は顔を和らげた。だが、彼の答えは簡潔だった。……そして寛大だった。

「ミスター・オグ、わしは神を演じてなどいません。そのうち、しばしば神が人間を演じることをあなたは学ぶでしょう。神は人間を除外してはなにもしません。奇跡をおこなうときには、つねに人間をとおしておこなうのです」

彼は突然、訪問を打ち切らせようとするかのように立ちあがった。それはインタビューを終わらせたくなったときに、わたしが事務所でよく使う手だった。

わたしは玄関に行って握手をかわした。

「ご親切とシェリーに感謝します」

「楽しかったですよ。機会があったら、あなたの本をどうかお持ちください」

長い帰宅のドライブの間、一つの疑問が思考をさえぎりつづけた。

もしあの賢い年老いたラグピッカーが、廃品になった人間を救うことに専念しているとすれば、なぜわたしと過ごすことに時間を費やしたのだろう？　わたしはベストセラーを書いたばかりの、収入の半分を税金にとられている、裕福な成功した社長なのに。

3　世界一のセールスマン

数日後、駐車場で車から出ようとしていたときだった。緊急用のお報《し》らせを流す町の拡声器よりほんの数デシベル低いだけの音でわたしの名を呼ぶ声が聞こえた。あたりを見まわしてみたが、彼の姿は見えなかった。

「ミスター・オグ、ミスター・オグ……ここです！」

サイモンが、植物をびっしり植えた窓用のプランターにおおいかぶさるようにして自室の窓から身を乗りだし、こちらの注意を引くために小さな青い如雨露《じようろ》を振っていた。

わたしも手を振りかえした。

「ミスター・オグ……あなたの本。約束をお忘れにならぬよう……」

わたしはうなずいた。

彼は自分の部屋を指さして言った。「今晩……家に帰る前に？」

ふたたびわたしはうなずいた。

笑みを浮かべて彼は叫んだ。「シェリーの用意をしておきます」

わたしは親指と人さし指で円を作って合図し、車のドアに鍵をかけてから、やっかいな問題がひかえている仕事場にむかった。

「サイモン・ポッター、あなたは何者なんですか？」

「サイモン・ポッター、あなたはなんのために？」

「サイモン・ポッター、なぜ現われたんですか？」

「誰が」「なんのために」「なぜ」という疑問は、若いときに、いろいろな問題にぶつかったさい、よく浮かべていたものだった。ほとんど忘れかけていたその疑問を、事務所に急ぐ途中、歩調に合わせて、自分がくりかえしていることに気づいた。

わたしは老人への感情をどうとらえていいのかわからず、悩まされていた。彼はわたしを魅了していた。……と同時に、わけのわからない理由で、おびやかしてもいた。彼の容姿や態度は、わたしが思い描いている、聖書に出てくる預言者や神秘家がもっていたにちがいない容姿やふるまい方すべてにあてはまった。わたしは奇妙なときに彼のことを思いだした。予算会議の最中、提出された書類に目をとおしているとき、書評を書いている最中などである。彼の顔、声、カリスマ的なふるまいが、思考のなかに侵入してきて、一時的に集中力を奪ってしまうのだ。彼は一体、何者なのだろう？ どこからきたのだろう？ この現代の預言者イザヤはわたしの人生でなにをしようとしているのだろう？ おそらく今晩、それに対するいくつかの回答がえられるかもしれない。自分自身の心の平和のために、そうであることを望んだ。

仕事からあがる時間になったとき、秘書のパット・スミスに、倉庫から『世界一のセールスマン』を一冊もってくるように頼んだ。わたしに手渡すと、彼女は出入口のところで立ちどまり、「ほかになにかご用件は、オグ」と尋ねた。

「いや、ないよ、パット。明日の朝会おう。おやすみ」

「おやすみなさい。……コーヒー・メーカーのスイッチ、切るの忘れないでくださいね」

「この前、遅くまで仕事をしていたとき、ポットを二個もこわしたとおっしゃったでしょう」

「忘れないよ」

わたしは本を手にしたまま、パットが外側のドアに鍵をかける音を聞いた。手にしたわたしの創作は、今や、パブリッシャーズ・ウィークリー誌で「知られざるベストセラー」と評されていた。出版されて以来この四年間、大都市の「ベストセラー・リスト」にのったことがないにもかかわらず、ハード・カバー版で四十万部という記録的な売上をしめし、ハロルド・ロビンス〈アメリカの大衆小説家〉、アーヴィング・ウォレス〈アメリカの作家〉、ジャクリーン・スーザン〈アメリカの作家〉といった人たちの全著作のハード・カバー版を足しあわせた売上部数をすでに上まわっていた。

今や、ペーパーバックの出版元何社かが再版権の獲得に興味をしめし、六桁〈十万ドルの桁〉という莫大な版権料についての話しあいが進んでいるといううわさが流れていた。まさにホームランだ！　そうなったらどうしよう！　わたしの手に負えるだろうか？　突然の富と、ペーパーバックの大手出版元によるプロモーション活動がひきおこす全国的な知名度の高まりに対処できるだろうか？　私生活でどれほどの犠牲を払うことになるのだろう？　のちにそれを後悔するだろうか？　わたしは、われわれが自分の周囲にはりめぐらす監獄についてサイモンが語ったことを思いだした。このような成功は自分自身を解き放つきっかけになるのだろうか、それとも、自分を閉じ込めるきっかけになるのだろうか？　いずれにしろ、人生からそのような成功以上に、なにを望んだらいいのだろう？　財政的自由をもったら、わたしのライフスタイルは変わるだろうか？　現実になってもいないうちから、そんなことわかるものか。

わたしはすべての「もし～であれば」という思考を心から閉めだし、サイモンのために自著にサインをすべく本を開いた。見返しのページに一体なんと書けば、あの聖人のような男にふさわしいものになるだろう？　適切な言葉を選ぶことが非常に重要なことのように思えた。ジブラン、プルターク、プラトン、セネカ、アイズリーの大家は、わたしの小著を読み終わったあと、なんと思うだろう？　それも重要だった。わたしにとって。

わたしは次のようにしたためた。

神に愛《め》でられし最高のラグピッカー

サイモン・ポッターへ

愛をこめて

オグ・マンディーノより

コーヒー・メーカーのスイッチを切るのをわたしは忘れなかった。盗難予防の警報機のスイッチを入れ、電気を消し、鍵をしめた。それから薄暗い駐車場を通り抜けて、彼の住むアパートにむかった。ロビーのメイル・ボックスの上に黄色いクレヨンで「21」と書いてあるのを見つけ、呼び鈴のボタンを二度押してから、階段をのぼった。サイモンが廊下に出て待っていた。

「覚えていてくれたのですね！ わしら老人は、とかくぶしつけで出過ぎたことをしがちなんです。お忙しいのに、たいへん申し訳ない。さあ、入って、入って」

挨拶を交わし、立ったままわたしは本を手渡し、彼からシェリーの入ったグラスを受け取った。タイトルを読んだ彼は眉を寄せた。

「世界一のセールスマン？　非常に興味深い。誰だかあててみましょうか？」

「絶対、わかりませんよ。あなたが考えているような人じゃないんです」

それから彼は表紙を開き、わたしのサインを読んだ。彼の顔が和らいだように見えた。顔を上げ、わたしを見つめたとき、その大きな褐色の瞳はうるんでいた。

「どうもありがとう。きっと楽しく読めると思います。でも、どうしてこんなふうにお書きになったのですか？　ラグピッカーというのはそのとおりですが……神に愛でられし最高の、なんて？」

わたしは彼の蔵書の山を指さした。「前にここにきたとき、ある種の本は神の手によって導かれ、書かれているというあなたの理論を聞かせてくれましたよね。あなたが、神の手に触れられている作家を見分けられるとすれば、神の特別な友達にちがいないと、ふと思ったもんですから」

彼はわたしの顔をしげしげと見つめた。いつ果てるともなくあまりにじっとこちらをうかがうので、いたたまれなくなり、わたしのほうから視線をそらした。

「それで、あなたは、わしに本を読み、それがいわば神の手によって書かれた本の部類に属するものかどうかを判定してもらいたいとお考えなのですね」

「それが、よくわからないんですよ。たぶん、無意識ではそう願ってるんでしょうけど、実際に考えたことはないんです。確かなのは、あなたといると不思議な予感がするということだけなんです。あなたのことばかり考えてしまうんですよ。なぜだかはわかりませんが……」

老人はふかふかの椅子の背に頭をもたせかけ、目を閉じた。「予感とは、これからおころうとしていることを前もって告げるものです。わしと一緒にいるときにそう感じるのですか、それとも、わしについて考えるときにそう思うのですか?」

「その感覚をどう説明したらいいか、よくわかりません。しいて言えば、以前、出会ったことがあるとか、なんらかの体験を共有したことがあるという感覚に近いかなあ。フランス人はそれをなんと呼んでましたっけ? ああ、そう、『既視感《デ・ジャ・ヴ》』です。それに近いものですよ。夢を見て目を覚ましたあと、夢を思いだそうとするのに、記憶に残っているのは、自分の人生に関係ない無意味な人影や聞き覚えのない声だけだという体験をしたこと、ありませんか？」

老人はうなずきながら言った。「何度もあります」

「わたしがあなたといるときや、あなたについて考えているときに感じるのは、そういう感覚なんです。若い人たちはそれを『波長』と呼んでるようですがね。これまで体験したことがないので、うまく説明できませんけど」

「心は非常に不思議なメカニズムをもっています」

「雑誌に使えないかと思って、この十年間、心についての本や記事をどれだけ読んだかわかりませんよ。でも、読めば読むほど、われわれの内部にあるその神秘について、ほんの少ししかわかってないということに気づかされるだけでした。……心がどこにあるかさえ、わかってないんです」

老人は頬をこすりながら言った。「人間の心は脳と呼ばれる小さな策略の袋以上のものだとカール・メニンガー医師は書いています。それは、たえまなく変化する本能、習慣、記憶、器官、筋肉、感覚からなる全人格だというのです」

「わたしはメニンガー医師を知ってますよ」

「個人的に？　本当ですか？」

「ええ」

「どんな人物ですか?」

「あなたと同じぐらい大柄で、あなたみたいに美しい人物ですよ……話すとき、彼の目はいつも輝いてます」

「あなたのおっしゃるその輝きというものが、わしの目にもありますかな?」

「え、ええ……ときどき……ときどきあります」

彼は悲しげに微笑んだ。

「わしがもっとも好きなのは、ミルトンが心について書いたものです。『心は独自の座を占めており、それ自体で、とんでもない地獄を生みだすこともできれば、素晴らしい天国を生みだすこともできる』。ミスター・オグ、わしらの心は地上で最高の創造物です。持ち主のためにもっとも崇高な幸福を生みだすこともできるし、持ち主を破壊することもできるんです。わしらは自分の幸福や利益のために心をどう使えばいいかの秘密をあたえられてきたにもかかわらず、いまだに、大半の愚かな動物と同じように、その潜在的な可能性にまったく無知のままでいるのです」

「自分の利益のために心をどう使うかの秘密？」

サイモンは本の山を指さした。「これらの本のなかにすべてがつめこまれています。公にされているその宝を、ただ研究すればいいんです。何世紀もの間、人間は心を庭にたとえてきました。セネカはこう言っています。『どんなに豊かな土壌でも、耕さなければ、実りをもたらさない。人の心も同じである』。ジョシュア・レイノルズ卿〈英国の肖像画家〉は『わしらの心はたえず新しい考えで肥《ひ》沃《よく》にしなければ、すぐに荒れ果て、何も生みださなくなる荒地にすぎない』と言っています。記念碑的な古典的著作『考えるヒント生きるヒント』（ごま書房）の著者ジェームズ・アレン〈英国の作家〉は、『人の心は、賢明になるよう耕すことも、荒れるがままに放置することもできるが、耕しても放置しても何かを生みだす、庭のようなものだ』と書いています。もし役にたたない種が植えられれば、たくさんの雑草の種が土地に根づき、その結果、有害で不純な植物がはびこることになります。別の言い方をすれば、心に入るのを許されたものがつねに実を結ぶということです」

わたしはタバコに火をつけ、彼の発するひと言ひと言に魅せられていた。

「今や、人間は心をコンピュータにたとえていますが、結論はセネカやほかの人たちが言っていることと同じです。コンピュータに携わっている人たちは、“garbage in, garbage out”（ゴミを入力すれば、ゴミが出力される）という言葉の頭文字を綴った“GIGO”というフレーズをもっています。あやまった情報をコンピュータに入力すれば、あやまった回答が出てくるということです。わしらの心も同じです……心を庭にたとえようが、ＩＢＭの最新型コンピュータにたとえようが変わりありません。否定的な素材を入力すれば……否定的なものを刈り取ることになるのです。いっぽう、美しくて正しい肯定的な考えや思想を入力したり、植えたりすれば、肯定的なものを収穫するようになる。非常に単純でしょう。なにを考えるにせよ、あなたは実際に考えているものになりうるんです。心のなかで考えているとおりのものに人はなる。アレンは書いています。『人間は自分自身によって作られもするし、解体されもする。思考で武装することによって、人間は自分自身を破壊する武器を作る。そのいっぽうで、喜び、力、平和に満ちた天国的な邸宅を建てるための道具も作る。思考の正しい選択と適用により、人間は聖なる完璧さに上昇するのだ』。ミスター・オグ、『正しい選択』という言葉に注意してください。それこそ幸福な人生の試金石です。いつか、そのことをもっと詳しく語るときがくるでしょう」

「じゃあ、わたしたちは自分の心をプログラムできると言いたいんですね。でも、どうやって？」

「きわめて単純です。わしらは自分でそれをできますし、他人にプログラムされることもあります。真実であれ、もっとも卑劣な嘘であれ、ある考えや言葉をくりかえし聞いたり、読んだりするだけで、わしらはそれを最終的に心の奥に刻みこむようになり、それがわしらの人格の消えがたい一部になるのです。それは相当に強い影響力をもっているため、そのうちに、なんの配慮や反省なしでも、わしらはそれに基づいて行動するようにさえなります。覚えておいででしょうが、ヒトラーは全国民にそれをしました。東洋で捕まった軍隊が多くの悲惨な体験をして以来、誰もが『洗脳』という言葉を耳にするようになりました」

「わたしたちは自分が考えるものになるというのですね？」

「例外はありません！」

彼について知るのによい機会だと思ったので、わたしは尋ねた。「サイモン、あなた自身のことを聞かせてもらえませんか。もし、よろしかったら」

彼は頭を振り、ワイン・グラスをランプ・テーブルの上にのせた。両手を膝で組み、それを見下ろしながら言った。

「いいでしょう。こんな機会は何年もありませんでした。それに、わしが何者なのか、もっとお知りになりたいようだから。まず、わしは七十八歳です。いたって健康です。一九四六年以来、この国に住んでいます」

「終戦直後にやってきたんですか？」

「そうです」

「戦争前はなにを？」

彼は微笑みを浮かべた。「信じがたいかもしれませんが、以前、わしは中東からの品物を独占的にあつかうドイツ最大の貿易会社を率いていたのです。家はフランクフルトにありましたが、会社の本社は……」

「ダマスカスにあったんじゃないですか？」とわたしは口をはさんだ。

彼は怪訝《けげん》な顔をしてわたしを見た。「そう。ダマスカスです」

わたしは手で顔面をこすり、シェリーの残りを飲みほした。一体、どうしてわたしはそれを知っていたのだろう？　なぜか突然、立ちあがり、彼のアパートから飛びだしたい衝動にかられた。しかし、いまだかつて経験したことのないジレンマに脚がすくんで身動きができなくなり、ただじっと坐っていた。それ以上なにも聞きたくなかったが、すべてを聞きだしたくもあった。やがて、わたしのなかの記者が勝ち、熱心な州検事のように矢継ぎ早に彼に質問を浴びせはじめた。

「サイモン、支店はあったんですか？」

「十店舗ほどありました。エルサレム、バグダッド、アレクサンドリア、カイロ、ベイルート、アレッポといった都市にです」

「十店舗ですか？」

「十店舗です」

「どんな商品をあつかってたんですか？」

「ほとんどがある程度、珍しくて価値の高い品物です。毛織物やリネン類、質の良いガラス製品、宝石、最高級のカーペット、革製品、光沢紙……など」

「会社は大きかったと言いましたね？」

「この種の会社では世界一でした。年間売上は、大恐慌の真っ最中の一九三六年でさえ、アメリカの通貨で二億ドルを超えていました」

「そして、あなたは会社の社長だったんですね?」

サイモンは恥ずかしそうに頭を上げた。「会社の単独のオーナーで創立者であり……」わたしの本を手にとり、タイトルを指ししめして言った。「会社のトップ・セールスマンである人間が社長になることは、たいして難しいことではありません」

わたしのホストはそこで立ちあがり、グラスにシェリーを注いでくれた。それを半分、飲み下しながら、注意深く彼をうかがった。彼はわたしをからかっているのだろうか? いたたまれずに彼の腕をつかんだわたしは、静かに彼をこちらにむかせ、目をじかに見つめた。

「サイモン、本当は、わたしの本をすでに読まれたんじゃありませんか?」

「いや、申し訳ない。今夜まであなたの本を見たことはありません。でも、なぜ?」

「『世界一のセールスマン』はキリストの時代に舞台設定されています。隊商でラクダの世話をする少年ハフィドの物語なんです。ハフィドは同じ隊商でセールスマンたちが商売をして金の分け前にあずかるのを見て、自分もセールスマンになりたいという希望をもっていました。何度も断られたのち、ようやく隊商の隊長に一着の外衣をあずけられ、商売の力を試すため、ベツレヘムと呼ばれる近くの小さな村に派遣されます。けれども、三日間、屈辱的な目にあってもとうとう外衣を売ることができず、ある洞穴の飼い葉のなかで眠っている生まれたばかりの赤ん坊が、掛けるものもなく、寒そうにしているのを見て、売り物の外衣をただでやってしまうんです。そして、セールスマンにはなれないだろうと思いこんで、隊商に帰っていくんですが、彼のあとを明るく輝く星がついてくることに気がつきません。でも、隊長はその星を見て、何年も前に予言されたしるしとみなし、その少年に成功の秘訣をしたためた十巻からなる古代の巻物をさずけるんです。少年はそれを自らの人生に適用し、世界一のセールスマンになるというわけです」

「とても興味深いお話です」

「それだけじゃないんです。ハフィドは豊かになって力をもつようになると、ある都市に、大きな本店を構えます。その都市はどこだと思います?」

「ダマスカス……ですか？」

「そうです。やがて中東一帯に支店を出します。いくつ出したと思います？」

「……十店舗？」

「そう。わたしの本に書かれている、彼が売っていた商品は、あなたが売っていたものと同じなんです！」

老人はわたしから目をそらすと、ゆっくりと語った。「それは……まったくもって……不思議な……偶然の一致ですね」

わたしはしつこくせまった。「あなたの家族について聞かせてください」

彼は数分間ためらったのちに、また語りだした。

「今お話ししたように、わしの家はフランクフルトにありました。郊外のザクセンハウゼンに住んでいたのです。メイン河を望むすばらしい場所です。でも、わしがそこにいる時間は限られていました。空港でいつも家族にさよならを言っていたような気がします。妻や息子と離れて暮らすそんな日々をわしは次第に憎むようになりました。ついに一九三五年、どうにかしようと決心しました。非常に入念な将来の計画を立てたのです。一九四〇年までは一生懸命働くことに決めました。そのあとは、家族と自分が余生を快適に送るのに充分な資産を会社からもらい、会社の経営権を、それまでわしのために忠実に働いてくれた社員にゆずろうと思ったのです……」

わたしはふたたび口をはさんだ。今回は、声がしわがれていた。「サイモン、わたしの本を読んでいただければわかるんですが、世界一のセールスマンであるハフィドも、最後には、経営権と富の大半を、会社の設立に貢献してくれた人たちにあたえるんです」

老人は眉を寄せ、頭を振った。「そんなばかな……！　ありえないことだ！」

「ご自分で読んでみてください。それで、あなたのご家族はどうしたんです？」

「その頃には、ヒトラーが権力を握っていました。でも、ほとんどのビジネスマンがそうでしたが、わしも、国の実権をあずけんとしているその怪物がどんな考えを抱いているのかわからなかったんです。わしの妻はユダヤ人でした。いつものようにダマスカスに行っていたある日、わしはヒトラーの使いの訪問を受けたんです。彼は淡々と告げました。お前の妻と息子は二人とも、われわれの保護管理下にある。お前が会社と会社の全資産を国家社会党にゆずり渡すことに署名すれば、二人は放免してやる、と。ためらわずにわしは署名しました。それからすぐにフランクフルトに飛んで帰り、空港のゲートで秘密警察に逮捕されたんです。戦争の間、ずっとあちこちの強制収容所をたらいまわしにされました。ユダヤ人ではなかったので、命が助かったのでしょう」

「それで、あなたの奥さんと息子さんは?」

「二度と会えませんでした」

「すみません」という言葉が口から出かかったが、出さなかった。代わりに「商売のほうは?」と尋ねた。

「なくなりました。なにもかもナチに没収されたのです。戦後四年近く、家族の手がかりをさがし歩きました。アメリカ人とイギリス人は両方ともとても協力的で、同情してくれました。最終的に、アメリカの諜報部の人をとおして、妻も息子も、捕らわれた直後にダッハウで殺されたことを知ったんです」

つづけるのはつらかった。老人が正気を保つために長い間、心の奥に押しこめてきたにちがいない記憶を、むりやり聞きだそうとする残忍な審問官になったような気分だった。それでもわたしは質問をつづけた。「どのようにしてこの国にきたんですか?」

「商売をやっていたとき、ワシントンにたくさんの良い友人を作りました。その一人が、パスポートの不所持を見逃してくれるよう、移民局の上役にかけあってくれたのです。別の友人が移住に必要なお金を貸してくれました。一九三一年にシカゴを訪れ、その活気を気にいっていたので、ここにきたんです」

「こちらにきて、ずっとなにをしていたんですか?」

彼は肩をすくめ、天井を見あげた。「すべての希望をガス室で殺されてしまった、元億万長者の会社社長に一体、なにができるでしょう? 生きるために、何百という仕事をしました。ナイトクラブの雑用係、料理人、市の公衆衛生の仕事、建築現場の作業員……なんでもしました。自分自身のビジネスを新たにはじめるために必要なすべての知識、経験、能力をもっていることはわかっていたのですが、やる気になれませんでした。成功し、富を獲得しなければならない理由が見当たらなかったのです。それゆえ、いっさい努力をしませんでした。やがて、市の試験を受けて、フォスター・アベニューの学校の用務員になりました。それはわしにとって、たいへんいいことでした。一日じゅう、はしゃぎまわる子供たちに囲まれていたのです。たいへんよかった。ときどき、息子のエリックを思いだささせる少年にも会えました。それは魅力ある仕事でした。六十五歳まで働いて退職し、市から少額の年金をもらっています。生きていくには……そして読書をするには、それで充分です」

「あなたがラグピッカーと呼ぶものになる決心をさせたのは、なんだったんですか？」

サイモンは微笑みを浮かべて椅子の背によりかかり、長い間そっとしておいた記憶の細部を思いだそうとするかのように、ふたたび天井を見あげた。

「退職後すぐに、わしはこの小さなアパートに越してきました。ラザロとわしと本だけで。毎朝、ラザロを連れて、この一画を残らず歩きまわるのが日課になりました。ある朝、あなたと最初にお会いした駐車場のゲートにさしかかったときのことです。困っている様子の若い女性がいたのです。彼女の車はゲートのアプローチに停めてありました。遮断機は下りていました。遮断機を作動させるためのコイン・ボックスを、彼女は怒りながらたたいていたので、わしは彼女のところに行って、手伝いましょうかと尋ねました。彼女は泣いていました。むせびながら、最後の二枚の二十五セント玉をコイン・ボックスに入れたにもかかわらず、遮断機が上がらなかったことを話してくれました。おまけに、最終試験のために十分以内にロヨラ大学まで行ってクラスに出席しなければならなかったのです。わしは誰もがすることをしました。ズボンのポケットから二枚の二十五セント玉を取りだし、コイン・ボックスに入れたのです。今度は、遮断機が上がりました。それでわしはラザロと散歩をつづけたのです」

今や、老人は部屋のなかをゆっくりと歩きまわりはじめていた。

「それほど遠くまで行かないうちに、背後から足音が迫ってくるのが聞こえました。振りかえってみると、先ほどの素敵な若い女性がわしのほうにむかってくるのが見えました。依然として目に涙をためてはいましたが、笑っていました。なにをするのかと思うと、いきなり両腕をわしの背中に回して引き寄せ、頬にキスをしたのです。……妻に死に別れてから、女性に抱きしめられたのはそれがはじめてでした。若い女性はなにも言いませんでした……ただ、わしを抱きしめてキスをし……急いで行ってしまったのです。そのささいな出来事が、わしの人生に新たな意味と方向をあたえたのです。わしは、小さなアパートにひきこもって悲運を嘆くのをやめることにしました。何年間も自己を憐《あわ》れむような生活をしていたのですが、他人に自分自身のなにかをあたえてみようと決心したのです。おわかりのように、実際には利己的な決心でした。なぜなら素敵な女性にキスされたとき、長年、忘れていた感情が体を貫いたのですから。でもそれは、個人的な利益をいっさい考えずに他人を助けたときにのみ訪れる感情でした。それ以来、わしはラグピッカーになったのです」

わたしは疲れを感じた。老人との質疑応答で、消耗してしまったのだ。だが、是非とも知りたいことがもう一つあった。

「サイモン、あなたは息子さんの名前がエリックだとおっしゃいましたよね。奥さんの名前はなんというんですか?」

「ミスター・オグ、妻は彼女の魂と同じように素敵な名前をもっていました……リシャという名です」

わたしはため息をつき、こうささやくのが精一杯だった。「サイモン、わたしの本をかしてください」

老紳士はわたしの膝に本をのせた。わたしは急いで最初の数ページをめくり、十四ページを開いた。「見てください！　ここです……」と言って、わたしはページのなかほどを指さした。「これが世界一のセールスマン、ハフィドの妻にわたしがつけた名前です。読んでみていただけますか！」

印刷されたページに視線を落とした老人の口からむせびとも苦悩の嘆きともつかぬ声がもれ、その顔がかき曇った。信じられないというような顔をしてわたしを見あげた老人は、忘れがたいその大きな褐色の瞳に大粒の涙を浮かべていた。

「信じられん、こんなことがあろうとは！」

彼は大きな手に本をもち、そのページをしげしげと見つめた。それだけでは収まらず、本を頬に押しつけると、やさしく顎ひげにこすりつけ、そっと「リシャ……リシャ……リシャ……」と何度もささやいた。

4　成功と幸福の秘訣

サイモンと再会したのは一カ月後のことだった。

退社時間はとうにすぎていた。わたしは一人でオフィスにいて、留守にしていた間にたまった文書業務を少しでもかたづけようとしていた。そのさなかのことだった。外側のドアがあく音がしたので、わたしは身をこわばらせた。最後に出ていった者が鍵をしめ忘れたのだ。この界隈では、泥棒は生きるための手段になりつつあった。

しかし、入口に現われたのはラザロだった。あわただしく尻尾を振り、耳を上下させ、目を潤ませ、舌をひらひらさせ、背後にいる主人のもった綱を引っ張っている。

部屋に入ってきた老人はわたしを抱きしめて言った。「ミスター・オグ、久しぶりですね。ラザロと二人で心配していました」

「本のビジネスで出かけていたもんですから。誰かがわたしの人生を変えようとしているんです」

「良いほうに？」

「わかりません。たぶん、あなたにならわかるでしょう」

「あなたがここにいなかったのは知っています。毎日、窓からあなたの褐色の小型車をさがしました。車がないということは……ミスター・オグはいないだろうと。ところが、今朝、車があったので、とても幸せでした。あなたに会いたかったのですが、煩わせたくもなかったので。ここにくる勇気をふるい起こすまでに丸一日かかりました」

「きてくれてうれしいですよ。どっちにしろ、わたしの本についてのニュースを知らせるために、あなたのところにうかがおうかと思ってました」

「良いニュースですか？」

「おこったことがまだ信じられないくらいです」

老人はうなずき、誇らしげにわたしの肩を軽くたたいた。それから、ラザロをコート掛けのところまで引っ張っていき、その根元に綱をゆるくゆわえつけた。犬は鼻をふかふかしたカーペットに埋めると、目を閉じた。

「元気そうですね、サイモン。スーツとネクタイ姿のあなたを見るのははじめてだ」

訪問者はしわだらけのジャケットの襟をはずかしそうに長い指でこすり、肩をすくめた。

「浮浪者のような格好をして、社長に会いにはこられません」

「どうして？　ラグピッカーというのはいろいろな格好をして働くんじゃないですか。たぶん、あなたはＣＩＡの諜報部員よりもさまざまな人生の小路《こうじ》に潜入してきたでしょう。任務をもたない天使のようなものです」

わたしが「天使」という言葉を口にしたとたん、ほころびかけていた彼の顔が突然元に戻った。それからふたたび気を取り直して、苦笑いを浮かべた。

「作家だけがそのような毒のある表現を口にします。でも実際には、わしらラグピッカーはたいへんな人手不足で忙しいのです。廃品になった人間の数が爆発的に増えていることもあって、仕事をこなしきれないのです。あなたの雑誌の発行者、W・クレメント・ストーンさんもラグピッカーなのでは？」

われわれは振りかえって、わたしのデスクの右手の壁にかかったパネルのなかから温かい目をしてこちらを見つめている雇い主の肖像写真を見た。

「そうにちがいない。彼は、十六年前、わたしが挫折し、酒びたりになっていたとき、ゴミの山から拾いあげてくれたんです。おもしろいことに、あなたがたラグピッカーは自分のした善行を秘密にしておく主義なんですね。わたしはストーンさんに近い人間なので、彼に助けられた人を何人かたまたま知ってるんですけど、彼の〝良きサマリア人〟的な行為はめったに新聞に取りあげられたことはないんですよ」

サイモンはうなずいた。「すべてのラグピッカーは、ロイド・ダグラス〈一九三〇年代に活躍したアメリカの作家〉がその著『マグニフィセント・オブセッション』〈『心のともしび』というタイトルで映画化された〉によって世に広めた聖書の命令にしたがおうとしているからなのです」

「良いおこないをし……黙っている……ということですか」

突然の笑いがオフィス内を満たした。「わしが言いたいのはそのことです。でも、それをそんなふうにずばりと言ったのは聞いたことがありません。わしは今でも、マタイが書いている、イエス本人の命令のほうが好きです」

「サイモン、『マグニフィセント・オブセッション』が出版されたとき、世界じゅうの聖書の売上が急上昇したのを知っていますか？」

「どうしてでしょう？」

「みんながその本のテーマとなった聖書の一節をさがしはじめたからなんです。ダグラスは天才的な手腕と言うべきか、本のなかでそれを特に明らかにはしなかったんです。その一節をさがすことが、この国では一年かそこいら、もっとも人気のある暇つぶしになりました。それで『マグニフィセント・オブセッション』はベストセラーになったんです。その一節を見いだした人は自分の胸にしまっておきました。自分にしかわからない特別の秘密のようにあつかったんです」

「今日でも、その手のテクニックは使えますね」

「そうでしょうね。ところで、あなたはその一節をご存じですか？」

老人は微笑みながら立ちあがり、デスクをはさんでわたしと対面した。右手を軽く握り、人さし指でわたしを指さすと……朗々と響く声でしゃべりはじめた。

「自分の義を、見られるために人の前でおこなわないように、注意しなさい。もし、そうしないと、天にいますあなたがたの父から報いを受けることがないであろう」

「だから、施しをするときには、偽善者たちが人にほめられるため会堂や町のなかでするように、自分の前でラッパを吹きならすな。よく言っておくが、彼らはその報いを受けてしまっている」

「あなたは施《ほどこ》しをする場合、右の手のしていることを左の手に知らせるな。それは、あなたのする施しが隠れているためである。すると、隠れたことを見ておられるあなたの父は報いてくださるであろう」

二千年前、イエスが山のてっぺんで弟子たちに言い渡された言葉にひけをとらぬ堂々たるしゃべり方だった。

わたしは友のためにあまりおいしいとは言えないコーヒーを一杯入れ、少し話をした。老人は、その間、コーヒー・カップを手にしたまま、オフィス内をゆっくりと歩きまわっていたが、直筆のサイン入りの写真が点在している壁の前にさしかかるとやおら立ちどまり、名前を大声で読みはじめた。まるで、感銘していることを訴えるかのように、一つの名前を読むごとに、彼の声の調子はだんだんあがっていった。からかい半分であることはわかっていたが、心地よかった。

「ルディ・ヴァリー〈映画俳優〉、アート・リンクレター〈TVパーソナリティ〉、ジョン・F・ケネディ、チャールズ・パーシィ〈英国の小説家〉、ハーランド・サンダース〈ケンタッキー・フライドチキンの創業者〉、ジョーイ・ビショップ〈映画俳優〉、セネター・ハロルド・ヒュージ、フランク・ギフォード〈NFLの選手〉、ジェームズ・スチュアート、ロバート・カミングス〈映画俳優〉、ロバート・レッドフォード、バーブラ・ストライザンド、ベン・ホーガン〈プロゴルファー〉、ノーマン・ヴィンセント・ピール〈アメリカの自己啓発作家〉……これらの人たちはあなたの友人なのですか？」

「何人かはそうです……ほかの人たちは、彼らのことをあつかったわたしたちの記事に感謝をしめしてくれたんでしょう」

「わしはジェームズ・スチュアートが好きです。彼の映画はすべて……いい映画だ。彼を知っているのですか？」

「何年も前に知りあいました。第二次世界大戦のおり、彼の率いるB−24の戦団の爆撃手だったもんですから」

「彼は、勇敢でしたか?」

「とても勇敢でした。彼は爆撃機を護衛するわたしたちの戦闘機が到着するずっと前に戦闘をやりおえてしまったんです。それに、誰よりも酒が強かった」

「それは結構」

サイモンはわたしのオフィスを、なおもそれとなく詮索《せんさく》しつづけた。たぶん、ダマスカスにあったかつての自分の社長室のインテリアとくらべていたのだろう。地味なこまかい縦縞模様《たてじま》のスーツからかすかな樟脳《しょうのう》の匂いがただよってきたが、堂々とそれを着こなしていたので、大きなマホガニーのデスクのむこうに坐って、必要に応じて忠告をあたえたり、叱りとばしたりする彼の姿を思い描くのは容易だった。

やがて、彼はコーヒー・カップをおいて言った。「これ以上は待てません。あなたの良いニュースとやらを聞かせてください」

「あなたはわたしに幸運をもたらしたんです。きっとそうです。ラグピッカーとしてのあなたの外見の下には、たくさんの小さな妖精が住んでいるにちがいない。この前、あなたのところを訪問した晩、わたしの本の主人公とあなたとの間に驚くべき偶然の一致があることを発見したのを覚えてますか?」

「忘れられません」

「あの晩、家に帰ると、わたしの本の発行者のフレデリック・フェルから、電話をくれとメッセージがとどいてたんです。電話すると、ペーパーバックの大手出版元が、彼と副社長のチャールズ・ナーンバーグ、それにわたしに月曜日に会いたいと言ってきたとのことでした。本の再版権の買い取りについて話しあいたいというんです。それで、日曜日の晩、わたしはニューヨークにむかいました」

「気をもんだでしょうね?」

「それほどじゃありません……すくなくとも、その晩はね。ところが、翌朝、ニューヨークで六時に目を覚まし、午後一時のミーティングを待つ間に、大量のタバコをふかし、大量のコーヒーを飲みました。それでも五番街にある出版社のビルに一時間も早くついたんですよ。そこで……わたしは長い長い間していなかったあることをしました。ビルの隣に教会があったんです。その名前すら覚えていませんが、あいていたのでなかに入りました」

「で、なにをしたのですか？」

「祈ったんです。祭壇の前までちゃんと歩いていって、ひざまずいて祈りました」

「どんな祈りを？」

「祈り方は一つしか知りません。なにも頼みませんでした。ただ、導きと、どんな事態になってもそれに対処できる勇気をあたえてくれるよう神に祈ったんです。変なんですが、『お前はどこに行っていたのだ、オグ』という声が聞こえたような気がしたんです。すると、なにがなんだかわからないうちに、泣きだしていました……止められなかったんです。幸い、周りに誰もいませんでしたが、とんでもない愚か者になったような気分でした」

「なぜ泣いたのか、わかっておられるのですか？」

「教会に行ったことで、小さい頃、母親とミサに行った日曜日のことを思いだしたんじゃないでしょうか。わたしがハイスクールを卒業した直後、母が心臓発作で亡くなったとき、わたしの世界はほとんど止まってしまいました。彼女は特別な人で、わたしがまだ小学生のときすでに、将来、作家になるだろうという確信をあたえてくれたんです。わたしが家にもちかえった作文やそのほかの文章を母が批評してくれたのを今でも覚えてます。非常に良い関係だったので、母はわたしの作品を建設的に批評できたんです。わたしはつねにそれを受け入れ、もっと努力しようと思いました。わたしがハイスクールの学校新聞の編集者になったとき、まるでニューヨーク・タイムズに入社したみたいに、たいへん誇りに思ってくれたようでした。母はわたしが大学に行くのを望んでましたが、一九四〇年は生きていくのがやっとという厳しい時期でした。それで母は亡くなったんです……わたしは空軍に入隊しました」

「ということは、あなたは大学に行ってらっしゃらないんですね」

「ええ」

老人はもう一度部屋を見まわすと、頭を振った。「驚くべきことです。ほかに教会でなにかありましたか?」

「いや、なにも。やっと自分を取り戻したときには、約束の時間が近づいていたので、通りを横切り、出版社のビルのロビーへと入っていきました。二十六階でエレベーターを降りると、この出版社から発行された、世界の有名作家たちの巨大なポスターが壁にズラリと貼ってある長い廊下を渡っていきました。頭に浮かんでくるのは、『ママ、やったよ。最善の努力をしてここまできたんだ!』ということだけでした」

「出版社の幹部とのミーティングは?」

「すばらしくうまくいったんです。広々とした重役会議室の大きなテーブルに、名前は覚えていませんが、たくさんの顔が並んでいました。あとで言われたんですが、彼らはそのときすでに、ペーパーバックの権利を買い取ることに決めていたんだそうです。本と一緒に著者のわたしが売り出し可能かどうかを彼らは知りたがってたんです」

「バルザック、ディケンズ、トルストイ……彼らだったらそのようなテストに失敗したでしょうね」

「そうかもしれませんね。とにかく、わたしは約十分ほど話をし、その本を書くことになった経緯について語りました。好印象をもってもらえたようでした」

老人は今やわたしになり代わって、わたしの顔見世興行の一部始終を再体験していた。興奮して身を乗りだし、両手でわたしにつづけるようながした。

「最後に、重役会の議長がわたしの本の発行者であるフレデリック・フェルのほうを見て、ペーパーバックの権利と引き換えにどれだけほしいかを尋ねたんです。フェルはポーカー・フェイスで、われわれが売りさばいたハード・カバー版一冊につき一ドルほしいと言いました。……その時点で、われわれは三十五万部をすでに売ってたんですよ。テーブルの周囲にちょっとしたどよめきがおこりました。議長はそんなに高額になるとは予想していなかったと言いました。それから、席をはずしたいと言って副社長の一人をうながして、一緒に部屋から出ていきました。いなかったのはほんの数分だと思うんですが、一年のように感じましたよ。戻ってくると、議長はフェルのところに歩みよって、手を差しだし、握手を交わしました。それだけです！」

「それだけ？」

「そう」

「ミスター・オグ、あなたはお金持ちになったわけですね！」

「あなたが思っているほどじゃありませんよ。フェルが半分取ったうえ、かなりが税金にもっていかれちゃいますから」

「でも、すでに、ハード・カバー版で相当額の印税を手に入れたのでしょう？」

「そうです」

「スコット・フィッツジェラルドが、『華麗なるギャッビー』を出版してから三年間で、たったの五ドル十五セントしか印税を受け取らなかったのを知っていますか？　それに、彼が亡くなる頃には、そのすばらしい本は絶版になっていたのですよ」

「知りませんでした。いや、どうか誤解しないでください。わたしは喜んでないわけじゃないんです。自分の身におこったことがまだ信じられなくて。ひょっとしたら、教会での祈りが功を奏したのかも」

「あなたのお母さんの祈りが通じたのかもしれませんね。で、今日までだいぶ日があったのに、その後、なにを？」

「ペーパーバックは来年の春まで出ないので、フェルはこの夏から秋にかけてハード・カバー版のプロモーションを派手にやることに決めたんです。そこで、わたしも三週間のプロモーション・ツアーをすることに同意して、ラジオやテレビに出演し、新聞のインタビューに応じました。十四の都市で、九十回以上、インタビューを受けました。……今ではインタビューを受けるのが好きになりはじめています……書店でのサイン会ですら……」

「とにかく、うれしい話だ。あなたのことを誇りに思いますよ」

しばらく坐ったまま、われら二人の親友は勝利の喜びをわかちあった。すこし話しこんだあと、わたしは勇気をふるって尋ねた。「サイモン、わたしの本、読んでいただけましたか?」

「もちろんです。あなたが貸してくれたその晩に。美しい本ですね。ペーパーバックの出版社は何百万部も売るでしょう。世界はあなたの本を必要としています」

わたしにとってそれ以上の言葉はなかった。彼の賛辞は、これまでわたしが集めてきたすべての書評が色あせてしまうほどの力をもっていた。サイモンは立ちあがって言った。

「さあ、きなさい。祝福せねば。あなたの幸運にシェリーで乾杯しましょう」

わたしは彼についてアパートに行った。

坐りなれた椅子に落ち着くと、サイモンはシェリーを注ぎ、オフィスでした会話を再開した。

「あなたの本に登場する主人公の世界一のセールスマンとわしの人生との類似が気になって、いく晩か眠れぬ夜をすごしました。あれだけの偶然の一致に加えて、ハフィドの妻とわしの妻が二人ともリシャと名づけられている確率の小ささといったら、どんなコンピュータだってはじきだせないでしょう」

「そのことは考えないようにしてきました。超感覚的知覚をもった人たちはその種のことを予知と呼んでいるんじゃないでしょうか。あるいはちがうかもしれませんけど。あなたと知りあう前にわたしはあの本を書いたんですが、わたしが本を書く前にあなたはそれらの出来事を体験していたわけです。それをなんと呼んだらいいかわかりませんが、考えるだけで薄気味悪いですね。すべては単なる偶然の一致なんでしょうか？」

老人はため息をついて、頭を左右に振った。「『偶然は、神が公に署名しない特別なケースのためにとっておく神のペンネームである』とコールリッジは書いています」

「なかなか鋭い言葉ですね。もしそれが神の秘密の一つなら、わたしたちにできることはほとんどなにもありません……だとしたら、それにこだわるのはやめましょう。まだ誰にも話していないんです。誰もわたしの言うことなんか信じてくれないでしょうけど……」

「互いに相手がいるというのは幸運ですね」

心から信頼しあえる相手としか体験できない平和な静けさのなかで、われわれはシェリーをすすった。沈黙を破るのは、友情を強めあうためだけで、ほかに言葉を発する必要は二人とも感じなかった。サイモンがなにを考えているかわからなかったが、わたしは一つの提案をもちだそうとしていた。ペーパーバックの発行者に会いにニューヨークに行った帰りの飛行機のなかで浮かんだものだったが、なかなか切りだすふんぎりがつかなかった。

ニューヨークでわたしは、質の良い自己啓発の書が重視されていることを知った。国の経済状態のせいなのか、単なる出版のサイクルなのかわからないが、すべての出版社が、さらなる『目覚めよ、そして生きよ』『ポジティブ・シンキングの力』『友人を獲得し、人びとに影響をおよぼす方法』をさがしているようだった。国の経済が下降線をたどると、どうも自己啓発の書が売上ランクの上位を占めるらしいのだ。そして、未来を予想しようとするほとんどの出版社は、国が新たな「下降」のサイクルに入りこんでいると明らかに判断していた。その手の本を書くのに、サイモンがうってつけの人物だと思ったので、わたしは思い切って尋ねた。

「サイモン、これまであなたはラグピッカーとして、どれだけの人間の人生をうまく方向転換させられたと思います？」

「過去十三年間で、百人です」と、ためらうことなくサイモンは答えた。

「ちょうど？」

「そうです」

「どうしてわかるんです？　日記でもつけてるんですか？」

「いいえ。最初、この冒険に乗りだしたとき、意図はよかったのですが、方法に関しては試行錯誤の連続で……たいてい、失敗しました。初期のケースでは、益より害のほうが多かったのではないかと思います。いや、ある程度までは人びとを生きながら死んでいる状態から抜けださせられたのですが、わしの無知ゆえに、逆戻りさせてしまったのです。最初のうち、わしは、それぞれの個性に合わせた異なった方法で各人に接しようとしました。みんな、それぞれに独特で、ちがっていますからね。けれども、人を失敗に導く、自尊心の欠如というのはつねに、精神医学の諸学派が認める三つの標準的な感情の問題、つまり不安、罪の意識、劣等感といったものの複合体が原因となっている普遍的な病なのだ、ということにだんだんと気づくようになったのです。かなり時間がかかりましたが。この分野で正式な教育を受けたことがないわしは、溝にはまったり石につまずいたりして痛い目にあいながら、自分で学ぶしかなかったのです……。もちろん、ここに積みあげている本にもお世話になりました」

「病の共通の特徴を見つけたことで、根本的な対処法がわかったんですね」

「そうです。人間は直立して歩くようになって以来、とらえがたい自尊心の問題を解決する努力をしてきました。賢人たちは何千年もの間、その病と治療法について書いてきました……みな、立場はちがいますが、同様な解決策を提唱しています。にもかかわらず、わしらはそれを無視してきた。この真理に気づいたわしは、アパートに数カ月こもって、成功と幸福の真の秘密を抽出し、単純な言葉に結晶化させる本を書きました。……あまりに単純であたりまえなので、ほとんど誰にも気づかれないことです。だから、当然、それらの法則を守ろうとする者もいないのです」

「いくつ法則があるんですか?」

「たったの四つです……山のようなノートを書き、数カ月、努力を重ねた結果、成功のための単純な秘訣を凝縮させ、数ページの文書にしたのですが、それがわしのしてきたすべてのリサーチに値するものだとはとても思えませんでした。けれども、一オンスの金を産出するために、何トンもの岩石が必要だということを思いだしたのです。そのあと、自分の発見したものを自分なりの方法で現実に使ってみました……効果抜群で、一度も失敗したことがありません」

「その文書を今、もってるんですか?」

「手書きで文書を完成したあと、ブロードウェイの小さな印刷屋にもっていきました。そこで、わしが要求する形式に合わせてタイプをしてもらい、その元原稿を使って百部のコピーを作りました。そして、それぞれのコピーに一から百まで番号をつけたのです」

「それをどんなふうに配ったんですか？　あなたの出会った、魂をしいたげられた人にかたっぱしから、ただ手渡したわけじゃないんでしょう？」

「とんでもない。人間は、世界じゅうの誰一人として自分をかまってくれないことがわかるまで、自分自身をゴミの山に投じたりはしません。助けを必要としている人を見いだしたら、わしはまず、まだ二人、その人を気にかけている者がいるということを知らせます。神と……わしです。一人は天国におられ、もう一人は地上にいます」

「それからどうするんですか？」

「いったん、本当に助けたいという気持ちを相手にわからせ、相手がこちらを信じていることがわかったら、神からのメッセージをふくんだ特別の文書をさしあげましょうともちかけます」

「神からのメッセージ⁉」

「そうです。毎晩、眠りにつく前に二十分の時間をとり、そのメッセージを読んでほしい、それを百晩つづけてほしい、と言うのです。とくに、時間がもはやそれほど大きな意味をもたなくなった人たちにとって、毎日二十分、時間をさくことは、たいして大きな犠牲ではありません。けれども、そのようなささいな犠牲を払うことによって、自分たちをゴミの山から救いあげ、この世で一番の奇跡をなしとげる方法を学べるんです。彼らは生ける屍の状態から文字通り蘇り、ついには、夢にまで見た真に豊かな人生を達成するでしょう。別の言い方をすれば、神からのメッセージが決して眠ることのない深層意識に吸収され、別人に生まれ変わるわけです。それこそ最高の自己啓発です！」

「神からのメッセージなんて、人はかえって怖がるんじゃないんですか？　ひげを生やした背の高いあなたの風貌は、それでなくても神のようですからね。声の響きだって……」

「ミスター・オグ、あなたはすでに一つの事実を忘れておられるようです。わしはこれらの人びとを生き地獄から引っ張りだすのだということです。彼らはすでに心のなかで人生を捨ててしまっているのです。自分を救う道はないと確信しているのですよ。だから、救いの手を差しのべられれば、喜んでそれにしがみつくでしょう。それは希望の手なのです」

「希望？・」

「そうです。退職のときの夕食会の席上で、成功の理由を尋ねられた有名な香料会社の社長の話をご存じですか？　彼は自分の成功が、質の良い香料や包装の仕方、あるいはうまい広告によってもたらされたものではないことを同席者たちに訴えました。彼が成功したのは、女性に売っているのが、エキゾチックな香りや性的魅力などではないことを知っていた唯一の香水生産者だったからなのです。彼が女性に売っていたのは……希望だったのです！」

「それはすばらしい話ですね……。で、神からのメッセージの話に戻りましょう」

「実際に、わしが手渡す文書は単なるメッセージではありません。……『神の覚え書き』なのです。会社でよく見かけるでしょう？　あえてそのような形式を用いたのです」

わたしは噴きだしてしまった。「神の覚え書き……？」

「どうしておかしいのですか？　ずっと昔、神はシナイ山でモーゼに授けた二つの石板に十戒を彫りこむことによって人間とコミュニケーションをはかりました。神はまた、ベルシャザル王の宮殿の壁に運命を記す文字を書きました。今日、もし神が書くことによってわしらになにかを伝えようとしたら、どんな手段を選ぶでしょう？　もっとも現代的な、文字によるコミュニケーションの方法はなんだと思います？」

「それが覚え書きだっていうわけですか？」

「そのとおり。覚え書きは簡潔ですし、普遍的な形式をもっているだけではなく、実用的で、世界じゅうのほぼすべての国で見られます。わしらの国は覚え書きによって動かされているのです……というより、ただの覚え書きであるにもかかわらず、と言ったほうがいいかもしれません。どれだけの労働者が上司からの覚え書きによる指示によって毎日の仕事をはじめているでしょう。……覚え書きは掲示板に貼られていますし……ＯＡ機器にもテープで貼ってあります……流れ作業の終わりに用意されていますし……空軍ではいたるところに見られます……数えきれない会社のなかで、デスクからデスクへと渡されています。つまり、覚え書きは今日の世代の人びとにもっともなじみのあるものなのです。……助けをもとめている人たちにとって、幸福と成功を達成する四つの秘訣を簡潔明瞭な神の覚え書きに凝縮するより効果的な方法が、このせわしい世の中にあると思いま彼の打ち明け話に当惑してしまったため、どうしてこんな話になったのか、ほとんどわたしは忘れかけていた。なかば自分自身につぶやくようにわたしは言った。「神の覚え書き……？」

サイモンはわたしのつぶやきを聞いて、本の山を指さした。「どうなさったんです？　あなたは、神が多くの本の執筆に関与しているというわしの理論を何度となく聞いたはずです。ただ、わしは夾雑物《きょうざつぶつ》をそぎ落として、エッセンスを抽出し、みんなが同意する神からの直接のメッセージを書いただけなのです」

「わかりました。確かにわたしはその種の話の専門家ではありませんが、多くの人びとはそういうことを神への冒瀆《ぼうとく》と呼ぶんじゃないんですか？」

大人にとっては簡単に思えることを把握できないでいる子供をあつかうときのような寛大なしぐさで、老人は頭を振った。「なぜ、それが神への冒瀆なのですか？　神への冒瀆とは神にまつわる事項を神聖さをけがす嘲笑的な方法でやることを意味します。わしがしてきたことは愛と尊敬の念に貫かれています。個人的な利益のことなど、これっぽっちも頭にないんです……そして、効果があります！」

「どのように効くんですか？　神でも誰でもいいんですが、とにかくその覚え書きを日に二十分読むだけで人生を良いほうに変えることができる、なんて言ってるわけじゃありませんよね。だいいち、なにかを読むだけで、人を……良いほうや悪いほうに変えられるものでしょうか？　最近読んだ、犯罪委員会の記事のなかで、あるメンバーは、ポルノグラフィと犯罪の間にはなんら直接確認できる因果関係はないと言っています。それに、その人物の知るかぎり、ポルノを読んだことによって妊娠したり、性病にかかったりした者もいないと言ってます」

「ミスター・オグ、そのような発言をする人物は、世の中を知らないたいへん愚かな人物にきまっています。思考がどのようにその人の行動や人生に影響をおよぼすかについてわしが話したことを思いだしてください。あるメッセージを二十分間、一度読むだけではほとんど効果がないことは認めます。けれども、同じメッセージを毎晩、眠る前に読みつづけてごらんなさい、心のなかにたくさんの秘密の通路が開きます。……そして、夜の間じゅう、それらの考えがあなたの存在のあらゆるレベルに浸透するのです。翌朝、目覚めると、脳に刻印されたメッセージに、あなたは気づかないうちにいつのまにか反応しはじめます。日を追うごとにゆっくりとあなたは変わっていくのです……言葉や観念からなるメッセージそのものが、あなたのなかで行動や反応に変化していくのです。毎晩、メッセージを読み、心の奥に刻印すれば、失敗などありえません」

「だけど、サイモン、われわれは数千年前から十戒をもっているのに、この世界の混乱を見てください」

「ミスター・オグ、十戒のせいにしてはなりません。どれだけの人がそれを読んでいるでしょう？　どれだけの人が知っているでしょう？　たとえば、あなたは、十戒のすべてを暗唱できますか？」

わたしは頭を振った。その頃には、一連の会話をはじめた最初の動機をほとんど見失いかけていた。しかし、改めてそれを思い起こし、サイモンの書いたものを本にできないかどうかを探った。

「サイモン、あなたは、百人の人びとを助けたとおっしゃいました。『神の覚え書き』を印刷したとき、百冊のコピーに番号をふったとも言いました。ということは、コピーは現在、ないということですか？」

「そうです。コピーの元になった元原稿は別ですが」

「もっと印刷するつもりはあるんですか？」

「ミスター・オグ、わしは年をとっておりますし、この地上での生活はもうそんなに長くはありません。それに、前に言ったように、廃品人間を回収して蘇生させる仕事は人手不足なのです。わしがこの世からいなくなったあともわしの仕事がつづくように、自分自身を増殖させる最善の努力をする時期だと思っているのです」

「どうやって？」

「あなたにある提案について検討していただきたいんです。『神の覚え書き』が、定められた運命……あらかじめ決定された運命をまっとうするのを見たいのです」

「というと？」

「あなたはご自分の本の最後で、わしのように老いさらばえた世界一のセールスマンが、成功の秘訣を記した巻物を特別な人間にゆずるようにしました。あなたの本の主人公とわし自身の人生がこうまで神秘的な偶然の一致でつながっているとすれば、もう一つ……究極の偶然の一致をもつことがふさわしいのではありませんか？」

「すみません……どういうことかわからないんですが」

「もしあなたが喜んで引き受けてくださるなら……『神の覚え書き』の元原稿をたいへん特別な人物……つまりあなたにおゆずりしたいのです！　その小冊子をあなたが気に入り、わしと同じように、他人の助けになりうると確信したら、あなたの未来の本の一冊にそれをふくめることを許可します。もちろん、あなたがそうしたければの話ですが。そうすれば、それは世の中に出、あなたの本を愛読する数千人、いや数百万人の人たちの役にたつでしょう。年老いたラグピッカーが自分自身を増殖させるためにそれ以上に良い方法を望めるでしょうか？」

彼はわたしの心を読んだのだろうか？　あるいは、これも一つのありえない偶然にすぎないのだろうか？

「なんと言ったらいいのか、サイモン。あなたが伝えたいことの道具としてわたしを考えていただけたことでさえ光栄です！」

「あなたはそれにぴったりです。でも、急いで結論を出さないでください。いく晩も、寝ながら、わしの提案を考えてもらいたいのです。まだ時間はあります。もちろん、あなたが『神の覚え書き』を受け入れてくれるなら、自尊心のあるすべての作家と同じように、わしもこの仕事に対して、ささやかな支払いを要求しなければなりません」

「支払い？　いいですよ」

「いや、ちがいます……あなたは誤解しておられるようだ。お金のことを言っているのではありません。『神の覚え書き』があなたの手に渡ったら、それを世に提示する前に、まず、あなたがご自分で個人的にわしの指示にしたがってそれを使ってみる約束をしてくださる必要があります。あなたはすばらしい、感受性豊かな人間です。でも、これほどまでに成功したにもかかわらず、あなたの目には、心の平和や満足を見いだしていないことを告げるとまどいが見られます。世界はあなたを褒《ほ》めたたえているのに、あなたは自分自身を褒めたたえていないのです。あなたのふるまいには、わしの見慣れた静かな絶望感がただよっています。あなたのなかでまだ未解決のものがあるのです。ご自分の世界を再構成しなければ、そのうちにあなたは爆発してしまうんじゃないかと気がかりです。もし爆発したら、みんなはあなたをゴミ溜に捨てるでしょう。この老いさらばえたラグピッカーは、そのときには、あなたを救うためにそばにいてあげられないでしょう。そんなことがあってはなりません。ちょっとした予防でも、おおがかりな治療に相当します。ですから、『神の覚え書き』を受け取ったら、まずそれをご自分の幸福と心の平和の探求の導きとして採用すると約束してもらわねばなりません。そのあとではじめて、準備のできた人びとに……つまり、見る目と聞く耳をもち……自らを救いたいという欲求をもっている人びとに、それを伝えることができるのです」

「わかりました、サイモン」

「ミスター・オグ、あなたは偉大な可能性をもっています。まれにみる才人だ。廃品にされてはなりません。わしには、そうならないことがわかります！」

「サイモン、あなたの言葉を聞いていると、自分のことがとてもみすぼらしく、小さく感じられます」

「あなたは小さな人間などではありません。ごらんなさい！　わしがあなたの本をどこにおいているか」

わたしは頭を回して、彼の居間に積まれている「神の手」のかかった本の山のなかで、もっとも高いところを指さしている彼の手の方向を見た。

その山の一番上にわたしの本がおかれていた！

5 みじめな人生を生みだすもの

われわれの友情は夏から秋にかけて、次第に愛の絆へと熟していった。その間、「神の覚え書き」がふたたび話題にのぼることはなかった。ほぼ毎晩、そしてまもなくランチ・タイムのときですら、サイモンのところに寄ることが、最高の楽しみになった。仕事をしている平日の間、サイモンの質素な部屋が、わたしの心の平和と静けさのオアシスになった。彼に会えない週末は苦痛なほど長く感じられた。ところが、なぜだかわからないが、家族にも、サクセス・アンリミティッドの会社の者にも、彼のことは語らず、触れさえもしなかった。

サイモンはわたしの養父、教師、ビジネス・コンサルタント、同僚、ラビ、司祭、牧師、導師となり……デルフォイの神託となった。わたしは彼と時をすごすために、ビジネス上の誘いを断り、社交的なつきあいを避けた。そして、文字通り彼の足元に坐って、一対一の授業に聞き入った。

彼は驚くべき広範な知識と豊富な経験にもとづいて、愛、政治、宗教、文学、精神医学、自然などについて語った。ときに、超感覚的知覚や天文学、悪魔祓《ばら》いといった一風変わった話題にさえ話がおよぶことがあった。彼の話を聞いていると、いつもあっというまに時間がすぎさるように思えた。たまに、彼に話をつづけさせるための質問や発言をして、困らせたりすることもあった。彼の意見を聞くために、新たな話題をわたしがもちこむこともあった。とくに哲学や人間の行動に対する彼の知識の深さは、わたしを驚嘆させつづけた。

あるとき、この世界の生き方となってきた、ひとりよがりの態度、プライドの喪失、凡庸《ぼんよう》さを規準にする傾向をこっぴどく非難している最中のこと、彼は話を中断して、わたしに尋ねた。人びとが医学部や法学部の学課を履修するのと同じように、彼の話を聞くことによって、わたしが「ラグピッカー・コース」を履修していることを自覚しているかと。それから、最終的にもっとも良いラグピッカーになるのは、わたしみたいに、ゴミの山に埋もれた経験をもち、自分自身の墓場から這いでたことがある人間なのだと言って、わたしという存在を認めてくれた。

五カ月というもの、わたしはわが国でもっともすばらしい大学に通った。

教授はサイモン・ポッター。

彼はあまり知られていない逸話や引用を用いて、まだ生きている、あるいはすでに亡くなった著名人を巧みにもちだし、非常に重要なテーマについてドラマチックに語った。わたしたちは誰でも生活を良いほうに改善できる能力をもっていること……神は成長を不可能にする穴に誰をも閉じこめはしなかったということ。もし、わたしたちが自分自身のことを失敗と自己憐憫の監獄に閉じこめてしまっているなら、わたしたちこそ唯一の看守であり……自分を自由にする唯一の鍵をもっていること。

わたしたちはチャンスをものにすることを恐れ、未知の企てや領域にあえて踏みこんでいくことを怖がっている、と彼は語った。向上心をもって未来に賭けるひと握りの人たちでさえ、以前の生活がどんなにわびしくても、慣れ親しんだ安全性の子宮に逃げ帰りたいというどうしようもない衝動とたえず戦っていなければならないと。サイモンの指摘によれば、アメリカのもっとも偉大な心理学者の一人、アブラハム・マズローは、それを「ヨナ・コンプレックス」と呼んだ。それは失敗の可能性から逃れたいという生得的な欲求である。

ひとたび決定したら、背後の橋を焼き払ってしまったほうが良いとサイモンは考えていた。そうすれば、いやおうなく、前進せざるをえないからだ。アレキサンダー大王も一度そのような状況に立たされたことがある、と言った。彼の率いる軍隊が、数においてははるかに勝る敵と戦おうとしていたときのことだった。敵が大勢だということで、彼の軍の士気はあがらず、出航するときには、みな永遠に帰ってこられないのではないかと恐れていた。敵のいる海岸線に上陸し、装備を降ろしたのち、アレキサンダーは自分たちの船をすべて焼き払うよう命じた。撤退する手段が背後で炎につつまれ、ゆっくりと沈んでいくと、アレキサンダーは部下たちにむかってこう宣言した。「おまえたちの船が燃え尽き、灰と化して海に浮かんでいるのが見えるだろう? あれこそ、われわれが勝利を収めることの証だ。なぜなら、われわれが戦闘に勝たなければ、この卑しむべき土地から誰も去れないからだ。いいか、家に帰るときは敵の船で帰るぞ!」

自分を不幸にさせる仕事や、みじめにさせる仕事をつづけるべきだとサイモンは信じていなかった。そのことを強調するために、フォークナーを引きあいにだし、偉大な作家の南部訛《なま》りをまねてこう言った。「人生でもっとも悲しいことは、一日八時間、わしらにできる唯一のことが仕事だということじゃ。一日八時間、食っとることはできねえし、飲んどることもできねえ。一日八時間、愛しあうこともできねえ。……八時間もできるのは、仕事しかない。それが自分自身を、そしてほかのみんなをみじめで不幸せにさせる原因なんだ」。それからサイモンは、その講義を要約して、もう一度、人を不幸にさせる仕事はやめるべきだと語った。「『転がる石は苔《こけ》を集めない』というのは嘘です。転がる石は苔も集めるのです、しかも、たくさん！」

サイモンは、一般に経験が過大評価されるきらいがあると考えており、その信念を説明するためにマーク・トウェインを引きあいにだした。しわだらけの白いスーツに身を包んだ年老いたサミュエル・クレメンズ〈マーク・トウェインの本名〉が、「一つの体験からすべての知恵を引きださんよう注意すべきだ。……熱いレンジの蓋《ふた》に坐った猫にならないようにな。その猫は二度とふたたび熱いレンジの蓋には坐らんだろう。それはいい……しかし、冷たいレンジの蓋にも二度と坐らんだろう」と言っているのが思い浮かぶようだった。

サイモンは自らの苦境や不運を肉体的なハンディキャップや環境の悪さのせいにする人たちにほとんど同情をしめさなかった。ミルトンの目が見えなかったことやベートーベンの耳が聞こえなかったこと、ルーズベルトがポリオを患い、リンカーンが貧困だったことに彼は注意をうながした。チャイコフスキーの悲劇的な結婚、「幼い頃、生きるのさえやっとだったアイザック・ヘーズ〈ソウル・ミュージシャン〉の貧困、目も見えず、耳も聞こえなかったヘレン・ケラーの苦悩、ゲットーから這いだしたアーチ・ムーア〈アメリカのプロ・ボクサー〉の苦労などについても話した。また、獄中で『天路歴程』を書いたジョン・バニヤン、黒塗りのポットのラベル貼りをしていたチャールズ・ディケンズ、アルコール依存症の地獄と戦ったロバート・バーンズ〈スコットランドの詩人〉やユリシーズ・グラント〈アメリカの第十八代大統領〉、たったの十歳で学校からドロップ・アウトしたベンジャミン・フランクリンらの人生をわたしのために辿ってみせた。

次に引きあいにだされたのはアメリカの飛行家、エディー・リッケンバッカーだった。リッケンバッカーは第二次大戦中、太平洋で遭難し、仲間とともに二十一日間、救命ボートで漂流したあと救助されたが、その体験で学んだ最大の教訓はなにかと聞かれて、こう答えた。「わたしが学んだ最大のことは、喉《のど》をうるおせる新鮮な水と食べ物さえあれば、なんの不平も言うべきではないということです」

サイモンが強調したのは、人のもっている弱点は、逆境となるどころか、実際には自分のためになることがあるということだった。一度、それと関連する短い寓話を聞かせてくれた。ある堂々たる雄シカは自分の角に惚れ、醜い脚を憎んでいるようだった。ところが、ある日、ハンターがやってきた。雄シカは醜い脚をもっていたゆえに、逃げることができた。後日、彼の美しい角が藪《やぶ》にひっかかってしまい、逃げる前に撃たれてしまった。

つねにサイモンは抽象的なことを多彩な比喩で説明した。あるとき、愛について説明してくれるようたのむと、サイモンはこんな話をしてくれた。

「数年前、インディアナポリスでおこなわれたレースで、アル・ウンサーという名の腕利きのレーサーが、スリップして、壁に激突しました。彼は燃えさかる車のなかにぐったりと倒れていました。すると、ほんの数秒後、もう一台のレーシング・カーがスリップしつつ、壊れた彼の車の脇に停まったのです。ほかの車が轟音をたてて通りすぎていくなか、何台かはひやりとするほど近くを通過していったのですが、ゲリー・ベッテンハウゼンという若者が車から這いだし、ウンサーの車に駆けよると、炎のなかからウンサーを引きずりだしはじめました。ベッテンハウゼンは、自分が莫大なお金をつぎこみ、何カ月も準備してきたレースの最中にいるということを完全に忘れていたのです」。サイモンにとって、そのような行為こそ、愛と呼ぶにふさわしいものだった。

サイモンには、自動車レースの世界に、もう一人、スターリング・モスというお気に入りがいた。「人間は失敗するためではなく、成功するために生まれる」というソローの格言を引用したのち、モスの英国訛りを上手にまねて、人間は代価さえ支払う気があれば、どんな目標でも達成できるということを主張した。次のようなモスの有名な言葉をくりかえしたものだった。「わたしは、あることを達成するために、ほかのことをあきらめ、犠牲にする準備さえできていれば、どんなことでも達成できると教えられた。どんなことを望もうと、心底からそれを望めば、できる……ということをわたしは信じている。四分間で一マイル走りたければ、できると信じる。しかし、それができるようになるためには、人生においてほかのすべてのことをあきらめなければならない。もし人間が水の上を歩きたいと思い、ほかのすべてのことをあきらめる覚悟ができていれば、それができるとわたしは信じる」

そして、サイモンは、ほとんどの人間があまりに早くあきらめすぎるといつも言っていた。「ミスター・オグ、カリフォルニアのソノマに、レーサーになりたがっている人や運転の技術を本当に学びたがっている人たちに希望をあたえる、すばらしいドライビング・スクールがあるのです。たしか、ボブ・ボンデュラント・スクールと呼ばれていたと思います。そこの教官が言っています。アメリカの路上を走っているほとんどのドライバーは、事故に遭遇しそうになると、あまりに早く自分の車を放棄してしまう、と。衝突がせまると、衝突の衝撃を和らげるためにすべきことがたくさんあるにもかかわらず、適切なハンドル操作とブレーキで車や自分を救おうとするのを、やめてしまうと言うんです。あきらめてしまい……高い代償を払わせられるわけです。ほかのほとんどの活動においても……大半の人間はそうです」

それから、彼は立ちあがり、厳しい表情でわたしを見すえて指でVサインを作ると、ウィンストン・チャーチルが言った次のたったの六語からなる言葉こそ、これまで述べられたもののうちでもっとも偉大な成功の秘訣だと語った。

“Never, never, never give up!”（決して、決して、決して、決してあきらめてはならない！）

彼の話題はときどきとほうもない広がりを見せたが、最終的にはつねに、彼のもっとも関心をもっている話題に戻った。ますます多くの人間が自分の価値を見失い、ついには生ける屍のような生活を送っているということである。彼をもっともいらだたせているのは、生ける屍の状態が、実際の自殺を流行させ、もはや彼の救えるような状態ではなくなっているということだった。というのも、彼は「同時にどこにでも存在することなどできず」、充分なラグピッカーがいないからだった。

「ミスター・オグ、自分の腕時計を見て、今、何時かを心にとどめておいてください。明日の夜の同じ時刻までに、九百五十人以上の人間がこの国では自殺を図ろうとするのです！　考えてみてください！　そして、知っていますか？　そのうちの、なんと百人以上が成功するのです！」

彼は椅子のひじ掛けを叩いてつづけた。「それだけではありません。これからの二十四時間の間に、四十人も新しいヘロイン患者が増えるのです。三十七人がアルコール中毒で死ぬでしょう。……そして、明日のこの時刻までに、ほぼ四千人の不幸な人たちが精神的な破綻をきたすでしょう。ここで、角度を変えて、われわれが驚くべき創造物であることをいかに評価していないかを考えてみましょうか。これからの二十四時間以内に、ほぼ六千人の心を病んだ人間たちが、酒に酔って羽目をはずしたかどで逮捕されるでしょう。百五十人以上の人間が車のスピードを出しすぎて、自分自身や他者の死をまねき、貴重な人生を棒にふることになるでしょう。この国だけではなく、世界じゅうで、このような状況が加速度的に広がりつつある理由をご存じですか？」

なにも答えずに頭を振り、わたしはサイモンの次の言葉を待った。

「なぜかと言えば、みんな今の自分より良くなれることを知っているからなのです。たしかに、ほとんどの人間はこの隠れた感情を言葉にできないかもしれません。でも、一人ひとりの人間の内部には、自分を動物の王国から完璧に分け隔てるなにかが植えこまれているのです。ほとんど第二の良心と呼んでもいいそのなにかが、退屈な生活の思いもかけない瞬間に、自分が精一杯生きていないことを思いださせつづけるのです。仕事でも金銭面でも、自分はもっとうまくやれるはずなのに、やっていないことがわかったら、どう思いますか。だんだん自分が嫌になってしまうでしょう。マズローのことを知っていますか？」

「彼の書いたものはあまりよく理解できませんでした」

「ゆっくりと読んで考えれば、マズローはそんなにむずかしくはありません……この国では、ゆっくりと読んで考えるというのは、時代後れの活動になっていますがね。かつてマズローは、人びとはりっぱな良いおこないをして自分自身を敬《うやま》うか、いやしむべきおこないをして自分を愛する価値のない、軽蔑すべき存在と感じるかのいずれかである、と書いたことがあります。わしの考えでは、マズローの考えは浅い。ほとんどの人間はいやしむべきことをなにもしていないのに、自分を、愛する価値のない軽蔑すべき存在だと感じているのです。なにしろ、彼らの自己イメージはすでに傷ついていますから、ただ仕事がちょっとのろいとか、容姿が悪いというだけで自己嫌悪におちいるのです。不要な酒を飲まずに、少しだけ努力すればすむことなのです。ほとんどの人間は死ぬ意志をもっているだけではなく……失敗する意志をもっているのです！」

たまにサイモンは、ある作家が引用した別の作家の言葉を引用することもあった。「わしらはみんな不幸なのです。ヘンリー・ミラーはトルストイの次のような文章にいつもつきまとわれていたようです。『あなたは自分だけが不幸なように言いますが……わたしだって不幸のなんたるかを知ってるんです』」

「でも、サイモン、ほとんどの人間は実際に問題をかかえているからこそ不幸なんですよ。今すぐ、この街の病院に連れていってもいいですよ。とても幸せそうな人でいっぱいの病棟が並んでいます。……彼らはいつでも笑っています。……自分たちの問題にもはや直面していないのです。……彼らのいる部屋の窓には鉄格子がついています」

「一生、問題から隔絶された永遠の幸福という不可能な状態を勧めているのではありません。そのようなことは不可能です。生きているかぎり、大なり小なりの問題が誰にでもつきまといます。ノーマン・ヴィンセント・ピールはかつてこんなことを言いました。『なんの問題もない人間を見いだせるのは、墓地のなかを歩いているときだけだ』。たしかに、幸福は万能薬ではありません。問題を処理するのを可能にしてくれる一つの解毒剤のようなものです。……それによって、わしらは人間であることをあきらめぬよう、自分を愛する気持ちをもちつづけます。……究極のあきらめの形態は、もちろん、自殺です」

「一体、どうしてわたしたちは問題を処理するのがこんなにもへたなんでしょう？　幸せの要素がそこいらじゅうに転がっているのに、どうしてみんな、こんなにも不幸なんでしょう？　それは原罪と同じような、一種のたちの悪い呪いなんでしょうか？」

「どうしてわしらが不幸なのか、ですか？　あなたのためにもう一度言いましょう。わしらが不幸なのは、自分を敬う気持ちを失ってしまったからです。わしらはもはや、自分がかけがえのない奇跡であること、神の特別の創造物であることを信じていないのです。わしらはみな、番号やパンチ・カードで処理されるただの家畜になりさがってしまったのです。鏡を覗《のぞ》きこんでも、かつては歴然としていた神のような性質をもはや見ることができません。わしらは自分自身に対する信頼を失ってしまったのです。デズモンド・モリス〈『裸のサル』を書いた動物行動学の学者〉が書いている裸の猿へとわしらは進化してしまったのです」

「いつからこうなったんですか？」

「たしかなことはわかりませんが、もちろん仮説はもっています。わしが思うところでは、コペルニクスとともにはじまったのではないかと考えています」

「コペルニクスですか？　ポーランドの天文学者の？」

「そうです。実際には、彼は医師でした。天文学は単なる趣味にすぎなかったのです。それでも、コペルニクスが登場する以前、人間は、地球こそ神の創った宇宙の中心であり、人間はその中心に住んでいると信じていたのです。天上で輝く小さな光は、人間の世界を照らし、楽しませるためにあると信じていたのです。ところが、コペルニクスは地球という惑星が、なんの中心でもなく、地球よりも何倍も大きい巨大な火のかたまりにとらえられて宇宙空間を回っているもう一つの小さな泥と石のかたまりにすぎないことを証明したのです。それは人間のエゴにとってとてつもないショックでした。そのため、わしらは何世紀もの間、このすばらしい人間の発見を受け入れるのを拒否しました。その代価を払うのは、つまり、わしらが神の特別な子供ではないと認めるのは、考えるのも恐ろしいことだったのです。それゆえ、わしらは支払いをのばしました。聞くことを拒んだのです」

「それで……？」

「四百年後、わしらの自尊心はふたたびこっぴどく傷つけられました。大英帝国がすばらしい動物学者、ダーウィンを生みだしたのです。ダーウィンは言いました。わしらは神の特別な創造物ではなく、進化する動物の王国にルーツをもっている、と。彼はわしらが動物の王国の子孫だと言って、わしらの自尊心の傷口に塩をすりこむことさえしたんです。それは人間にとってあまりにも苦々しい薬でした。ご存じのように、多くの分野で、人間はまだダーウィンの説をのみこめずにいます。けれども、大勢の人にとって、それは偉大な恩恵をもたらしました。というのは、人間の獣じみた行動を認め、大目に見る科学が登場したからです。では、わしらが動物にすぎないとすれば、わしらに一体なにが期待できるでしょう？

かくして、わしらの自己イメージや自分を敬い愛する気持ちは、階段を滑り落ち、みじめな地獄さながらの世界へと落ちてしまったのです。ダーウィンはわしらに動物であることの許可証をあたえました」

「ダーウィンのあとには、なにがあったんですか……？」

「ダーウィンのあとですか？　フロイトです！　フロイトの登場によって、自尊心の家の窓はさらにこわされることになりました。フロイトはこう言いました。人間は自分の行動や思考の多くを制御できないし、それらを理解することすらできない。なぜなら、それらは親の愛情や憎しみ、抑圧などによって歪《ゆが》められた幼児期の体験に根ざしており、今や、無意識の奥に埋めこまれてしまっているからだ、と。この考えこそ、まさに人間が必要としていたものなのです。今や、世界でもっとも賢い医学の権威の一人から、自分自身や他者に対してやりたいようにやれる免許証をあたえられたのです。もはや、自分たちの行動を合理的に説明する必要はありません。単に行動し……その結果を父母のせいにして責めればいいのです」

「サイモン、あなたのおっしゃってることをわたしが理解しているかどうか、ちょっと確認させてください。あなたの見方はこういうことでしょうか。かつて人間は、おそらく神との密接な交感をとおして、自分がじつに偉大な創造物であり、神のイメージに似せて造られた優れた存在であることを信じていた。ところが、人間が自分自身について抱いていた高い評価を徐々に切り崩すもろもろの発見をしはじめ、ついには、こう考えるようになった。『わたしたちが神のような人間でなく、神の世界の中心に住んでいるのでもないとすれば、また、実際に動物にすぎず、自分の行動の多くを制御も説明もできないとすれば、庭に生える雑草と変わりがない。わたしたちがもし本当になにものでもないとすれば、どうして自分自身を誇れるだろう？　ありのままの自分を誇れないとすれば、どうして自分自身を好きになれるだろう？　自分のことが好きでないとすれば、誰がそんな人間と一緒に暮らしたがるだろう？……だから、自分のことを排斥《はいせき》しよう。ばんばん車を飛ばし、浴びるほど酒を飲み、どんどん食べよう。わざとへまをやらかし、仕事を首になってやろう。そして指をくわえてすみっこに坐り、自分にはいずれにせよ価値がないんだ、それがどうした、とつぶやいていればいい』。そういうことなんですね？」

「そのとおりです」

今度はわたしが話す番だった。「これから話すことが、もしいつか正しいと証明されたら、瀕死の自尊心にさらに手痛い打撃をくらわすかもしれないようなことをつけくわえさせてください。あなたはエドワード・デューイ教授と、彼がピッツバーグ大学で指揮している、サイクルを研究するための施設をご存じですか？」

「ええ。何年も前に、彼の研究所が発行している月刊誌『サイクルズ』のバックナンバーを大量に買いそろえました。荷造りして、ここにもってきてあるはずです。彼がどうしたのですか？」

「デューイ教授は四十年以上もかけて、地震の頻度から穀物の収穫高、株式市場の価格、太陽の黒点の爆発、その他何百という、定期的にくりかえされる事象のサイクル、つまりリズムを研究してきました」

「知っています」

「三年前、教授がわたしを訪ねてきて、サクセス・アンリミティッド・マガジン誌にわたしが書いたものに感銘を受けたと言ったんです。そして、一般の人にも理解できるサイクルについての本を一緒に書かないかと言うんです。彼の提案を光栄に思ったわたしは、そのチャンスに飛びつきました。一年以上かけて彼のファイルやノートや図表を調べ、最終的に二人で『サイクルズ——未来の出来事を引き起こす神秘の力』を生みだしたんです」

「ミスター・オグ、あなたのことを知れば知るほど、びっくりさせられます」

「それはお互いさまですよ、サイモン。わたしたちは行動をおこすとき、なんでも自分の意志でやっていると思いこんでいますが、デューイ教授は、わたしたちの行為や態度に影響をおよぼしている別の要因があるにちがいないと確信してます。惑星の配列は、なんらかの計り知れない力をおよぼし、われわれの行為に影響をあたえている可能性が強いと思ってるんです。その影響でときにわれわれは戦い、恋をし、ものを書いたり、絵を描いたり、音楽を作曲したりするんですが、それらをもっぱら合理的な理由でやってると思いこんでいる。われわれは糸で操られている人形かもしれないと彼は言っていますよ。だとすれば、なにがその糸を操り、カットするのかを学ばなければなりません。さもないと、自分のもてる能力をすべては発揮できないでしょうし、自分を愛する気持ちも取り戻せないでしょう」

「わしもデューイ教授には興味があります。でも、もしあなたが、自分は自らの運命をどうにもできない一粒の砂にすぎないかもしれないという考えをもって育てられ、教育されたとしたら、日々、あなたの個性を枯渇《こかつ》させる出来事にさらされることになるでしょう。そして、新聞、ラジオ、テレビ、映画、劇などから吐きだされる否定的なゴミのなかにどっぷり漬かりっぱなしになるでしょう。ほかに、身の安全性や生活への不安、家族の幸せや将来への心配もあります。それに、世界が公害の溜まり場になりつつあるという恐怖や、ある晴れた春の日に、爆発してしまうかもしれないという恐怖をつけくわえてみてください。単に生き残ることにほとんどの時間と努力を費やさざるをえない状況で、本当にどれだけの自尊心を保てるでしょう？　自分自身のことをどうして尊敬できるでしょう？　どうして幸福になれるでしょう？　そんなあなたのなかに好きになれるものがあるでしょうか？　そんな人生に偉大なものがあるでしょうか？　それを地上の天国と誰が呼べますか？」

「ちょっと待ってくださいよ。あなたは巧みな問いかけ方で、わたしの賛同をえようとしていませんか？」

サイモンは眉を寄せ、長話の疲れから一瞬、肩を落とした。それから満面に笑みを浮かべ、目を大きく見開いて、声の調子をあげて言った。「逆説的なのは、わしらに対抗する力がこれだけそろっているにもかかわらず、依然としてわしらは自分の人生を誇りたがっているということです。依然としてわしらは、自分らしく精一杯生きることを心の底から望んでいます。わしらが自分の失敗や、月並みな凡庸さの穴に徐々に落ちこんでいくのを恥じて泣くのは、小さな希望の炎がまだわしらのなかで燃えているからにほかなりません。ルネサンス絵画には、焚刑《ふんけい》に処されて、燃えさかる火のなかに滑り落ちていきながら、決してやってこない助けをもとめて手をさしのべている人たちが描かれていますが、わしらはそのような人たちに似ています」

「希望の光はあるんでしょうか？　こんな暗闇の時代に一つのちっぽけなロウソクに火を灯《とも》して、本当になにかになるんですか？」

「希望はつねにあります。すべての希望がついえさったら、世界は終わるでしょう。絶望の闇を克服しようとするときに、たった一つのロウソクなどと考えてはなりません。すべての人が自分のロウソクに火を灯《とも》せば、真っ暗な夜を明るい昼に変えることができるのです」

議論を活発にするために、わたしはあえて反対の立場をとろうとした。「人類はもはや修正のきかないほど、傷つき、壊れてしまっているんじゃありませんか？　ふつうの人たちにとって、世界はあまりに速く動いています。彼らは若いうちに道を踏みはずし、素早いもの、無節操なもの、卑しいものにからめとられてしまいます。この世のいわゆるすべての成功物語には、何千ものみじめな失敗がつきものです。人口が増えるにつれ、失敗者の数が目立たなくなるとは思えませんよ」

「ミスター・オグ、あなたがそんなふうに言うのは驚きです。あなたも成功や失敗をほかのみんなと同じように見ておられるようです。あなたの本心とは思えません。成功が銀行の残高によってのみ計られると信じて、ご自分の本をお書きになったわけじゃないでしょう？」

「もちろんです。でも、わたしの本など読んだことがなく、わたしが成功の秘訣を説くお手軽本を書いたと思っているインタビュアーにその手の質問を浴びせられる番組に、何回出演したかわかりません。彼らはみな成功を金持ちになることだと思っているんです。現実をありのままに見てください。『金持ち』と『成功』はこの国では同義語なんですよ」

「知っていますよ。悲しいが、それが事実だ」

「放映中であることを知らせる小さな赤いランプを灯したテレビ・カメラがむけられているなかで、自分の本はお金をうることにはほとんど関係がなく、心の平和や幸福をえるためのものだということを説明しようとすると、ふつうは皮肉な嘲笑を受け、とても答えられない質問の砲火を浴びることになるんです」

「たとえば、どんな質問ですか？」

「……あなたが幸福や心の平和について語るのはたいへんよろしい、と彼らは言うでしょう。でも、五人の腹をすかした家族を食わせてやらなければならないのに、仕事がなく、冷蔵庫にもなにもない人間の顔に、どうやったら笑みを浮かばせることができるんです？　三人の父親のいない子供たちを育てなければならないのに、貧困にあえいでいる貧民街の若い母親の魂をどうやって穏やかにさせるんですか？　死にゆく人間に、余生をまだ楽しめると、どうやって納得させるんですか？　貧しい生活を宿命づけられているとわかっている主婦になにを告げるんですか？」

「あなたが今、かかげた問題はみなやさしいものではありません。でも、世界じゅうのすべての人びとが自分のなかで燃える種火をもっていることを、もう一度思いだしてください。ある人びとの種火はたいへん小さくなっているかもしれません。しかし、それは決して、絶対に消えないのです！　まだ生命の息があるかぎり、希望もあります……それこそ、わしらラグピッカーがあてにしているものなのです。ただわしらにチャンスをくれればいいのです。そうすれば、どんなに小さくなった種火でも燃えあがらせる燃料を提供できます。人間というものは、もし機会をあたえられ、道を示されさえすれば、何度でも生ける屍の状態から蘇ることのできる、驚くべき復活力をもった複雑な有機体なのです」

「それがあなたがたラグピッカーが活躍する場なんですか？　生ける屍になった人生の敗者たちのいるところが？」

「たいてい、人間はどん底まで落ちないうちは、助けをもとめようとしないし、受けようともしません。どん底に突き当たって、失うものがなにもないことをさとります。そうなると、新たな人生をはじめるためのわしの単純な方法が、非常に受け入れやすくなるのです。この世で一番の奇跡を実行し、生ける屍から復活するのです。あなたはエマソンをお読みになりましたか？」

「ハイスクールのとき以来、読んでいません」

「恥ずべきことです。エマソンは十代の人ではなく、三十代、四十代、五十代の人に読まれるべきです。エマソンは書いております。『わたしたちの強さは弱さから生まれる。秘密の力を備えた憤りは、わたしたちがこっぴどい攻撃にさらされ、つつかれたり刺されたりするまでは目覚めない。人間は、苦しめられ打ち負かされるとき、なにかを学ぶチャンスをえる。才覚を発揮すること、勇気をもつこと、事実をつかむこと、無知を知ること、節度や、生きるための本当の技術を獲得することなどを』」

「けれども、あなたの究極の目標は不可能な夢じゃないんですか？　あなたはドン・キホーテのように、この人生の現実から逃げようとしているんじゃありませんか？　そして、彼と同じような運命を宿命づけられていることを気にしているのでは？　古い価値や法則は、今日、通用しません。みんなに生きる意味を取り戻させるためにあなたがしなければならないことは、全世界を変えることです。

サイモン、あなたは世界の変革について語っているんです。でも、それは何度も試されてきました。わたしたちはそれを試みて失敗した殉教者たちの人名録をもっています」

「彼らは失敗したのではありません。権勢をきわめたローマが崩壊の危機に瀕していたとき、パウリヌスという名の賢者は、正気と冷静さを保つために、一つの小さな聖堂の世話をしつづけました。どの図書館にいっても、この年老いた賢いラグピッカーの知恵に満ちた言葉を見いだすことができます。殉教者はたとえ心臓が止まっても、失敗などしません。もし失敗していたら、殉教者らがめざした、神のすべての創造物のためにこの世をもっといい場所に変えようとすることが可能なのかどうか、あなたとこうやって論じてなどいなかったでしょう！」

老人は自分の席に戻り、手を伸ばしてわたしの膝の上においた。

「ミスター・オグ、どうして世界を変えようとなさらないのです？　どうして人生に奇跡をおこすのが可能なことを人びとに教えないのですか？　人間が独自の美しい世界を生みだすことができるかぎり、宇宙の中心に住んでいないことになんの問題があるでしょうか？　他の動物にはない力をもっていることを知れば、自分が動物の子孫であろうとなかろうと気にする必要はないでしょう。自らの心を制御し、最終的な運命を定める力をもっているなら、自分の行為の一端が無意識に埋めこまれた幼児期の記憶によって引きおこされていることなど、気にならないはずです。人間だけが、それぞれ独自に、どのような人生を送るかを決定する力をもっているのです」

非常に深く意義のある言葉がつづいたので、議論を中断せざるをえなかった。彼の述べたことを消化するためにも、ひと息つく必要があった。そこでわたしはタバコに火をつけ、ひやかし半分に言った。

「サイモン、占星術師たちは、人間が自分の運命を制御する力をもっているというあなたの言葉を真剣に受け取らないでしょうね」

彼は悲しそうにうなずいてから、笑みを浮かべた。

「予言者、占星術師、呪術師、手相見、数秘術師、霊能者……いつの時代にも、〝安心のためにしがみつく毛布〟はたくさんあります」

老人はわたしの灰色の髪をかき乱した。

「シェークスピアを知っておられるでしょう?」

「ちょっとだけ……」
「ブルータスよ、失敗は星々の間ではなく、われわれ自身のなかにある」

6 心からの贈り物

彼の七十九歳の誕生日に、わたしは贈り物をもっていって驚かせた。

最初の頃の会話で明かされた、十一月十三日という彼の誕生日を、わたしが正確に覚えていたことが、老人には驚きだったのだ。

わたしはショッピング嫌いだが、サイモンにふさわしいユニークなものをもとめて、二度の土曜日をつらいショッピングに費やした。そして最終的に、ウッドフィールド・ショッピングセンターのマーシャル・フィールドでそれを見つけた。イタリア製の色のついたガラスでできたゼラニウムである。六十センチぐらいの丈で、本物そっくりの色の葉っぱもついているため、触ってみないかぎり、管理の行き届いた温室で育てられた本物の花のように見えた。

サイモンは窓辺に小さなプランターをもっていた。荒れ果てたこの一画のアパートの窓辺にぶら下がっているものといえば、それくらいしかなかった。ここに越してきた直後に作り、吊るしたのだという。春には、彼のもっとも好きな花であるゼラニウムの苗木をたくさん植えていた。苗木はいつもあるところまでは成長し、伸びるのだが、やがて醜い黄色や薄紫色に変色し、しまいにしおれてしまった。彼が言うには、昨年は、運試しに夏のはじめまで待って、すでに成長して花をつけたゼラニウムを買いもとめた。ところが二週間後に、褐色になって枯れてしまったという。それでも彼はあきらめなかった。すでにカタログで見つけた新種の種を手に入れており、来年の春に期待をかけていた。

ダマスカスの庭でもザクセンハウゼンの庭でも、ゼラニウムをきらしたことがないと老人は言った。霜が降りる前に好きな植物を掘りだし、地下室に吊るしてかわかしてから、春になったらまた植えるという段取りについて、サイモンは一度詳しく語ってくれた。

「それが、生きものが新しい命を吹き返すのを助けることに成功した最初の試みでした」

と言って彼は笑った。彼のもっていたゼラニウムのなかには、二十年以上も生きつづけていたものもあった。しかし、シカゴでは育たなかった。それをサイモンは大気汚染のせいにした。

「天から降ってくる死の雨と、通りを走るガソリン・モンスターから排出されるガスのなかで、一体なにが生き残っていけるでしょう？　外をごらんなさい。今夜は満月です。見えますか？　見えない！　わしらは自分自身が生みだした廃棄物にのみこまれているんです。そのなかにどっぷりとつかり、それを吸いこみ、食べているのです。わしの植物にかけてやる水でさえ、化学物質をふくんでいます。今日、死んでいくのは植物や鳥までです。でも明日になったら、どうなるかわかりません。それでもわしは、最後にはゼラニウムを育てられるだろうと信じているのです。人類は、手遅れになる前に目覚め、世界が巨大なゴミ溜になるのを防ぐだろうと信じているのです」

「それを実現するには、ラグピッカーの一群が必要ですね」

「地球が生き残っていくためには、一人ひとりが自分自身をゴミの山から救いだすラグピッカーにならねばなりません。隣人に救われることを期待してはならないのです。ミスター・オグ、わしを信じなさい。きっとそうなりますよ」

マーシャル・フィールドの店員は、贈り物用に、もっともぜいたくな紙を使ってガラスの植物を包んでくれた。サイモンがアパートのドアをあけるとすぐに、わたしは彼の手に大きな金色の箱をあずけて言った。

「お誕生日、おめでとう」

彼は箱を手にしたまま口をあけ、言葉を失った。みるみる大粒の涙が目から溢れだし、深い皺が刻まれた両頬を伝い落ちていった。慎重に箱を床においたサイモンは、わたしを抱きしめた。それから、大きな手でわたしの顔を包み、額にキスをした。

「ミスター・オグ、三十五年ぶりに受け取った誕生日のプレゼントです。どうしてわしの誕生日を知っているのですか？」

「ある晩、あなたが洩らしたんですよ。箱をあけてください」

「あまりにもすばらしすぎてわしにはできません。この包装紙はとても素敵です。破るのがもったいない」

「ただの紙ですよ。さあ、あけてください」

サイモンは大きな体をかがめて、カーペットにひざまずくと、大きな箱を膝の間に引き寄せた。まず注意深くリボンをほどき、そっと取り去った。それから指を包装紙の下に滑りこませ、粘着テープに触れるたびにゆっくりとそれをはがし、大きな褐色のボール紙の箱を剝《む》きだしにしていった。次にポケット・ナイフを取りだして、箱のてっぺんに貼られた細長いシールを切り、箱の天井を左右に開いた。箱のなかを覗きこんだ彼は眉を寄せ、びっしり隙間につまっている薄い紙を取り除きはじめた。一つひとつの動作に、クリスマス・プレゼントをもらった子供のような興奮と期待がありありとうかがえた。つめ物を取り去った彼は、ガラス製の贈り物を注意深く箱から取りだした。

「ゼラニウムだ！　信じられない。最高級のペラルゴニウム。これまで見たうちで最高のものです。おまけに、本物ではない。なんということだ！　ガラスでできているなんて！　ミスター・オグ、信じがたいこの芸術品を、どこで見つけたのですか？　見てごらんなさい、この花の赤い色！　一度、エルサレムで、こんなふうに虹のように輝くゼラニウムを見たことがあります。所有者から買い受けようとしたのですが、成功しませんでした。なんというすばらしい贈り物。なんと高価な贈り物。なんと言ったらよいか……」

「なにも言わないでください。喜んでもらえてうれしいです。あなたがわたしにあたえてくれた知恵と希望に対する、ほんのちっぽけな愛と感謝のしるしです。誕生日おめでとう……あと七十九年生きますように」

そのときにはもうサイモンは立ちあがり、それを飾る理想的な場所をさがして、あちこち持ち歩いていた。コーヒー・テーブルにそれをおいて、二、三歩下がって数分間眺め、頭を振って、また鉢を手にした。こんどはテレビの上においてみたが、それもだめだった。サイド・テーブルの家族の写真の背後はましだったが、それでもサイモンを納得させるにはいたらなかった。

なかなか場所が決まらず、やきもきしながら贈り物を持ち歩いているサイモンを見ていて、突然、わたしはインスピレーションにうたれた。「サイモン、たった一つだけ本当にぴったりした場所がありますよ」

楽しみを邪魔されたと言わんばかりに、彼はしぶしぶ立ち止まった。「どこです?」

「それはガラスでできてますから、大気汚染にもやられません。窓の外にあるプランターに植えたらどうでしょう。この街全体を見まわしても、ほかに窓辺に赤いゼラニウムを植えている人なんかいませんよ。しかも、十一月……十二月……一月……一年じゅう花が咲いているなんて……」

「それは天才的なひらめきです。そこに植えておけば、あなたが駐車場に車をおきにくるたびに毎朝、あなたに挨拶するでしょうしね。そうすることにします。でも……その名誉ある仕事はあなたにおまかせします」

「名誉ある仕事ですって？」

「わしのためにそれを植えていただきたいということです。ちょっと待ってください……こてをもってきますから」

こうしてわれわれは二人で、九十五ドルのガラスのゼラニウムを植えつけた。凍りついて動かなくなった居間の窓を開けるのは容易ではなかったが、それでもなんとか引きあげることができた。冬の到来を告げる冷たい風に息がつまりそうになりながら、わたしは窓から身を乗りだし、ほとんど凍りかけている黒土に穴を掘った。そしてサイモンから手渡してもらったガラスの植物の鉢の部分を土のなかに埋め、砂をかぶせて植物だけが見えるようにした。二、三歩下がって見ると、居間の暖かい光が花弁にあたって反射し、うっとりするような光景を浮かびあがらせていた。

「美しい。とてもすばらしい」とサイモンは叫んだ。「ついに自分のゼラニウムをもてたんです。わしが言ったとおりでしょう。屈しない人間は決して負けることがないのです。あなた以外にこんな贈り物を見つけられる人はいないでしょう！」

「わたしの大好きなラグピッカーのために……ただそれだけです」

それからわれわれは彼の七十九年の人生に祝杯をあげた。もちろん、シェリーで。腰を下ろしたとき、サイモンがこみあげてくる感情を懸命に抑えようとしているのがわかった。唇がかすかに震え、目が半分閉じられていた。彼がどんな思い出に浸っているのか興味があったが、黙っていた。やがて思い出を振り払うかのように頭を振って、サイモンは言った。

「老人が長く生きてきたことを証明するものを、年齢以外になにももっていないことほど不名誉なことはありません」

「誰が言った言葉か知ってますよ。セネカでしょう？」

「ミスター・オグ、たったの五十歳にしては、あなたは気がききすぎています」

「だけど、あなたには自分の年を証明するものがたくさんあります。ラグピッカーとしてこれまであなたが助けてきた人たちのことを考えてみるだけでいい」

「ゴミの山から蘇ったわしの天使たちですね……彼らの一人ひとりをわしは愛しました。彼らは、天国へのわしのチケットです……リシャと……エリックのところに行くためのパスポートです」

「サイモン、わたしは年をとることについて、セネカの言った言葉より、ヘンリー・フォードの言った言葉のほうが好きです」

「というと？」

「フォードは言いました。『もし世界から五十歳以上の人たちの経験と判断をすべて取り除いてしまったら、世界を動かす脳も才能も残らないだろう』」

「しかし、ミスター・オグ、フォードは五十歳をすぎるまではそれを言いませんでした。それに、十八世紀のドイツのユーモア作家、リヒターの言葉もあります。知っていますか？」

「あなたにはかないませんよ。どうぞ聞かせてください」

「リヒターはこんなふうに言ったのです。『明け方の夢のように、長く生きれば生きるほど、人生は明るくなり、物事の道理が鮮明になる。以前、われわれを悩ませていたものは神秘の色を失い、曲がりくねった道は終わりに近づくにつれ、真っ直ぐに見えるようになる』」

なんらかの巨大な磁力に引きつけられるかのように、突然、わたしは椅子から立ちあがり、サイモンのところに行って足元にひざまずいた。彼の美しい顔を見あげて言った。

「『神の覚え書き』、用意ができました。あなたがそれをわたしにあたえてくれるなんて、たいへん名誉なことだと思っています。世に広めるために、全力を尽くすことを誓います。わたしたちがそれを必要とするのは、歴史上、今このとき以外にはないでしょう」

老人はそっとため息をもらし、それ以上ないというような安堵の表情を浮かべた。

「わしの提案をあなたが拒絶するのではないかと恐れていました。何カ月もたっているので、忘れてしまったのではないかと心配でした。あなたが受け入れてくれれば、それはゼラニウム以上の贈り物になります。でも、あれ以来、考え直したことがあるのです」

「心変わりをしたということですか？」

「いえ、いえ……そうではありません。人びとがそのメッセージを真剣に受けとめてくれないのではないかと心配なだけなのです。あまりに洗練されておらず、そっけなく、基本的なことだからです。近頃では、自己啓発の本も、複雑で大げさなほど、そして高価なものほど多くの人びとの興味を引くようです。他方、人生の諸問題に対して単純だが効き目のある解答を提示するデール・カーネギー、ドロシア・ブランデ、ナポレオン・ヒル、ノーマン・ヴィンセント・ピール、それにあなたの会社の創設者であるW・クレメント・ストーンのような人たちは見くびられる傾向があります。たしかに、あなたの人柄は、本の信用性を支えてくれるでしょう。でも、紙に書いた言葉で読者に行動をおこさせるのは、まったく別のことで、難しいことです」

「サイモン、あまり人生の経験を積んでいなくても、高等教育を受けた人間は、なにかと批判したがる傾向があります。ましてや、あなたの取り組んでいる問題は、ふつうであれば、何年間もセラピストのもとに通わなければ解決しないような複雑なものです。ですから当然、あなたの提示する解答はあまりに単純すぎると言って、批判する人も出てくるでしょう。でも、著者に直接会っていないのに、カーネギー、ピール、ブランデ、ヒル、ストーンといった人たちの本を読んで啓発され、本当の助けをうる人たちは健全だと思いますよ」

「マンディーノをふくめてね」

「彼らが認めてくれれば、いつかわたしもそのような人たちのグループに加われるかもしれません。あなたは今でも、ひと握りの人だけではなく、何千人もの人を助けたいと思ってますか?」

「もちろんですとも」

「『神の覚え書き』が成功するためには二つ、必要な要素があります。まず、それに対する需要がなければならないこと。次に、それを必要としている人びとに広く行き渡ることを保証する陳列棚をもたなければなりません。リリアン・ロスが『泣くのは明日』という本のなかで、こんなふうに書いているのをわたしは覚えています。『わたしは三つの語からなる、もっとも言いにくい言葉を口にすることを学ぶまで、生きた屍の状態であるアルコール依存から立ち直れませんでした』。三語からなるその言葉っていうのは“I need help”（助けが必要です）です。人びとを助けるのにもっともいいチャンスは、彼らがあらゆる希望を失い、誰にも助けをもとめられなくなったときだとあなたもおっしゃいましたよね。サイモン、耳をすませば、近隣の人、高い地位にある人、そしてさまざまな職業にたずさわっている無数の人たちが、大声で助けをもとめている大合唱が聞こえてくるでしょう。あなたのメッセージに対する需要が今、ものすごく高まっているんです。あまりの高まりゆえに、その要求に応えたくても、応えきれないかもしれません。富める者も貧しき者も、容貌が美しい人も醜い人も、都会の雑踏にまぎれている人もひとりぼっちの人も……みんな助けをもとめています。彼らは自分の人生が、地上の天国ではなく地獄であったと信じる何百万という人たちなのです」

サイモンは、ふだんわたしが彼の言葉に聞き入るように、じっとわたしの言葉に耳を傾けていた。彼がなんとも返さないので、わたしはつづけた。

「成功を保証するための第二の要素は、『覚え書き』が適切な陳列棚をもち、広く売られることです。まだそれを読んではいませんが、わたしの次の本の一部に『神の覚え書き』を使うことを約束します。……あなたについても書くつもりでいます。そして、『この世で一番の奇跡』というタイトルをつけようと思うんです。奇跡をおこなう方法を世間に示したいんです……自分自身の人生をリサイクルし、生きる屍の状態から蘇る方法です」

「わしのためにそれをしてくれるのですか?」

「もちろん、あなたのためです……でも、生きるチャンスを欲し、ほかにもっと自分らしい人生があることにまだ気づいていないすべての人のためでもあります」

やにわに、サイモンの大きな笑い声が部屋じゅうを満たした。

「ミスター・オグ、わしが会社の社長だったときのことを思いだすと、たいていの覚え書きは同じ組織内のほかの人間や部署に配るため、カーボン紙にコピーされていました。『神の覚え書き』もコピーすべきでしょうか?」

「そうですよ。地球上には、何十億もの労働者がいて、より良い人生を実現するために奮闘しているんです……やり方さえわかれば、よろこんで努力しようという人がたくさんいるんです。すべての人に、この世で一番の奇跡をやってのけるチャンスをあたえてやりましょう。それが実現すれば、地上に天国を築くのも夢ではありません」

「そうですね、みんなに奇跡をなしとげる方法を教えてあげましょう」

「サイモン、あなたといるといつもそうなんだが、時がたつのを忘れていました。そろそろ行かなければ。この週末に読みたいので、『神の覚え書き』をいただけますか？」

サイモンはかすかなためらいを示した。「今夜はだめです。でも、もうすぐ……本当にもうすぐ、あなたのものになると思います」

無理強いはしたくなかった。「わかりました、おやすみなさい」

「おやすみ。誕生日を祝ってくれて、ありがとう。決してこの日のことは忘れないでしょう。今夜、あなたはわしのために本当のロウソクを灯してくれました」

ほぼ一年前に吹雪のなかでわたしのためにサイモンが持ちあげてくれたゲートの遮断機。その下を今くぐりながら、わたしは振りかえって、彼のアパートの窓を見あげた。

居間から洩れる暖かな光に背後から照らされて、サイモンの新しい赤いゼラニウムのシルエットが揺れていた。

7 老人からの手紙

忘れもしない月曜日の朝、マニラ紙のぶ厚い茶封筒が不吉な前兆でもあるかのようにデスクの上におかれていた。

本の最後のプロモーション・ツアーだと説得されて、わたしはふたたび長期間留守にしていた。二週間かけて十二回のフライトで十の都市をめぐる旅行だった。十のホテルのベッドに寝、十回、早朝のモーニング・コールによって目覚めさせられた。……そして、ニューオリンズからモンテレーまで、際限のない同じような質疑応答をさせられた。

その日、早朝に出社したのは、留守の間、溜まってかごから溢れだしているかもしれない文書類に早く目を通したいと思ったからだ。いれたてのコーヒーの香りがたちこめていた。わたしより先に出社していたのは、いつも早いヴィ・ノラムジクだけだった。

茶色の封筒を取りあげたわたしは、恐怖と混乱が入り交じった気分で、表に書かれた手書きの滑らかなヨーロッパ風の文字を見つめた。ふつう差出人の住所が書かれている左隅の上のほうに、次のように書かれていた。

年老いたラグピッカーからのお別れの贈り物

封筒の中央には、わたしの名前と会社の住所が記されていた。右隅の上には一ドル二十セント分の切手が貼ってあった。消印は押されていなかった。

わたしは封筒を放り投げ、オフィスから飛びだした。玄関に通じるドアをあけたとたん、パットが入ってきた。「おかえりなさい」の微笑みを浮かべようとした彼女は、わたしの形相を見て顔をこわばらせた。「どうなさったんですか?」

わたしは彼女の腕をつかんで、彼女を押すようにしてオフィスのなかに入った。床に放り投げてあった封筒をかがんで拾いあげ、彼女の目の前にかざした。

「これをいつ受け取ったんだい？」

わたしの手から封筒を受け取った彼女は表のメッセージを読み、肩をすくめた。

「知りませんわ。社長宛ての郵便物はすべて長椅子の上です。これは見たことがありません。金曜日に戸締りをするときにはありませんでした。今朝きたものにちがいありません。ひょっとしたら、差出人がもってきたのでは？」

わたしは受話器をはずし、二四と数字をうった。……定期購読者の世話をする部署だ。部長のバーバラ・ボイトにおかえりの挨拶をするいとまもあたえずに言った。「バーバラ、ヴィにわたしの部屋にくるように言ってくれ」

ヴィはすぐにやってきた。戸口に立つヴィのかわいらしい智天使《ケルビム》のような顔には、なぜ呼びつけられたのだろうという当惑の表情が浮かんでいた。

「ヴィ、今朝、会社をあけたのは君かね？」

「はい、いつものとおり」

「わかってる。誰かがこの包みを配達にこなかったかね？」

「いいえ」

「君が到着したとき、誰か見知らぬ人物がいなかったかい？」

「いいえ、管理人のチャーリー以外べつに。わたしはただ、いつものようにコーヒーをセットし、ポットがいっぱいになるまで待って、自分のカップにコーヒーを注いでから、戻っていっただけです。どうしてですか。なにかあったのでしょうか？」

「いいんだ。ヴィ、気にしないでくれ。どうもありがとう」

わたしはデスクの上に封筒を放ると、コートをもってオフィスを出た。歩道はシカゴに降った初雪で白くなりかけていた。駐車場を通り、ウィンスロップ・ストリートを横切って、サイモンが住んでいるアパートのロビーに辿《たど》りつくまで、何度か滑って転びそうになったのを漠然と覚えている。呼び鈴も鳴らさず、階段を二段ずつ駆けあがった。二階につくと、サイモンの部屋のドアをたたいた。

しばらくしてようやくドアが開くと、丸々と太った赤ら顔の女性が現われた。髪にピン・カールを巻き、泣き叫ぶ幼児をかかえていた。もうひとり、薄汚れた格好をした子供が、その女性の色あせたピンクのナイトローブにしがみついていた。サイモンは新たにラグピッカーの使命をはたそうとしているにちがいない、とわたしは思った。

「ポッターさんをお願いします」

「えっ？」

「ポッターさんです。老人の。ここに住んでいる」

「ここにポッターなんて名前の人はいないよ」

「なにを言ってるんです？　彼はここに何年も住んでるじゃないですか。オグ・マンディーノがきたと伝えてください」

「いい、マック、あたしの名前はジョンソン。このぼろアパートに四年間住んでんの。ポッターなんていう名前の人がいないってことはよく知ってるよ」

彼女がそう言ってドアをしめようとしたので、わたしは腕でそれを阻止し、部屋のなかに入った。

「よしてください、わたしをからかうのは。わたしは去年、百回もこの部屋にきてますよ。サイモン・ポッターという名の老人がここに住んでるはずです。どこにいるんです？」

彼女の答えが返ってくる前に、部屋のなかを見渡したわたしは、身の毛がよだつのを感じた。見覚えのあるものがなにもなかった。二人で語りあうときに使ったお気に入りの椅子は消えてなくなっていた。壁際に高く積まれていた本も跡形もなかった。カーペットは、薄汚れたオレンジとブルーのチェックになったリノリウムの床に変わっていた。女性は子供をしっかりと胸に抱き寄せ、大声でどなった。

「マック、ここから出ていくのに五秒だけやる。それでも出ていかないんなら、大声で喚《わめ》きちらして、警察を呼ぶわよ。一体なんのつもりであたしのアパートにあがりこむのさ！　刑務所か病院にでも入ったほうがいいよ。出ていきな！」

足元が覚束《おぼつか》なく感じられた。胃が重苦しく、吐き気がした。ゆっくりとドアのほうに後ずさりすると、降参するときのように両手をあげて言った。「すみません。たぶん部屋をまちがえたんだと思います。サイモン・ポッターを知りませんか？　黒い髪をした背の高い老人です。バセット犬を連れてる人です」

「この建物には、そんな人いやしないよ。もしいたら、四年間もここにいるんだから、わかるはずだよ」

「お隣は？」

「あっちは小柄なイタリア人の老婦人と娘。こっちは黒人がひとりで住んでるよ。ポッターなんて名の人はいないったら。さあ、出てって！」

わたしはふたたびあやまって廊下に出た。ドアが大きな音をたててしまった。見慣れた赤い数字……「21」が目の前にあった。まだ足元がふらふらしたので、階段のところに坐り、頭のなかを整理しようとした。彼はどこに行ったのだろう？　夢を見ているのだろうか？　もしそうなら、なんという悪夢だろう？

一瞬、ロッド・サーリング〈アメリカのTVタレント〉が階段をあがってきて、『ナイト・ギャラリー』〈TVの人気ミステリー番組〉に迎えてくれるところを想像した。

ある考えがひらめいた。階段を駆け下り、ロビーを通過して、地下に下りた。むこうのはずれに光が見え、ヒーターの灯油が燃える音が聞こえた。ハエの糞がこびりついた薄暗い裸電球の下で、ひとりの人物が椅子に寄り掛かっていた。

「守衛さん？」

「そうだけど……」

「長くここにいるの?」

「ひと晩じゅうね」

「いや、その……ここで長く仕事をしてるのかと……」

「二月で十一年になるよ」

「このビルの住人のなかに、サイモン・ポッターという人はいますか? 黒い長髪の背の高い老人です。顎ひげを生やした、アブラハム・リンカーンのような人。バセット犬を連れてるんだけど」

「このビルでは犬は禁止なんでね」

「その男性を知ってますか?」

「いいや」

「ここでも、外の通りでもいいんですが、彼を見かけたことは?」

「ないね。このビルに住んでる連中はむろんのこと、この界隈の人物はほとんど全部知ってるがね。そんな男はいないよ。過去十一年間、そんな男はいなかったと保証するよ」

「確かですか?」

「確かだよ」

わたしは階段を駆けあがると、通りを横切って駐車場に駆けつけ、車の鍵をあけた。気がつくと、フォスター・アベニューの警察にきていたが、そこまでどうやって運転してきたのか覚えていない。青いパトカーの間に駐車し、署のなかに駆けこんだ。若い巡査部長がわたしのほうを見て、そっけなくうなずくまで、ワイヤ入りの窓のところで忍耐強く待っていた。

「巡査、わたしはマンディーノです。ブロードウェイのむこうで仕事をしています」

「はい、なにか」

「ある人物がいなくなってしまったんです。ウィンスロップ・ストリート635のアパートに住む友人です。彼とは一年以上も前から知りあいでした。数週間、出かけていて、今朝、戻ってきてみたら、わたしのデスクの上に包みがおいてあったんです。わたしの名前と住所があって、お別れの贈り物だという意味の言葉が隅に書かれていました」

「包みの中身は？」

「わかりません。そのメッセージを読んですぐに彼のアパートに直行したんです。そしたら……」

「そしたら？」

「いなかったんです。それだけじゃなく、彼の部屋にいた人物が、そんな人は住んでいなかったと言いました。……わたしが説明する人物らしき者は知らないと言うんです」

「アパートはまちがえなかったんでしょうね」

「百回もそこに行ったことがあるんですよ。21号室です。そのビルの守衛とも話しました。サイモン・ポッターという名前なんですが、そんな名の人は知らないと言われました。過去十一年間、そこで働いているけど、そんな人物はいないと」

「だいじょうぶですか、あなた？」

「もちろん、わたしはだいじょうぶですよ。しらふですし、頭もおかしくはありません。本当です。こんな変な話をどうしてでっちあげられます？」

「もっと変な話だって聞いたことありますよ」

「そうでしょうね」

「で、その男性の名前は？　もう一度」

「ポッター……サイモン・ポッターです。八十歳近くで、黒い長髪、顎ひげを生やしてます。背が高く、バセット犬を連れています」

巡査部長はタバコに火をつけて、数秒間、わたしのことを間近で観察した。それからなにも言わずに、奥に消えた。戻ってきたのは、十五分ほどしてからだったろうか。

「この界隈じゃ、少なくとも過去三週間、あなたの言った友達に該当する人物や、サイモン・ポッターという名の人物を拘束したことはありません。ただ、ここは大都市です。クック州立病院に行ってみたらどうですか？」

「わかりました」

「それと、もう一カ所」

「どこですか？」

「ウエスト・ポークを下ったところにある州の死体公示所です」

病院の人たちは思いやりと忍耐をもってわたしの話を聞いてくれ、過去十四日間の記録を調べてくれた。サイモンという名の人物はむろんのこと、サイモンの特徴に合致する人物も、誰ひとりとして、病院に運びこまれた形跡はなかった。病院の人にも死体公示所にあたってみることを勧められたので、死体公示所に行って話すと、大きなデパートに返品にきた客のように、ぞんざいにあつかわれた。彼らは、父親、息子、兄弟、姉妹、恋人がいなくなったという同様の話を、ひっきりなしに聞かされているのだ。事務的にマイクロ・フィルムのファイルを調べたのち、やっと最後にひとりの若者が小さなクリップ・ボードを手にして近づいてきた。

「あなたの言った年齢と特徴に合う、身元不明の人物がひとりいます。見てみますか?」

うなずいて彼のあとにしたがった。こうこうと明かりに照らされた消毒液の匂いのする廊下を歩いていく途中、彼はわたしの腕をつかんで言った。「この匂いを体につけないように。この匂いを消す消臭剤はまだ発明されていないんでね」

やがて、彼はバネ式のドアを押し開いた。われわれは巨大な引き出しがファイル・キャビネットのように並んだ、冷えびえとした部屋に入っていった。手にしていたファイルの番号を確認した彼は、ある引き出しの取っ手を重そうに引いた。わたしは顔をそむけた。見たくなかったのだ。しかし、見ないですますわけにもいかなかった。非常に年老いた男の裸体が目に映っていた。長髪が顔を包み、胸までとどいていた。目はまだ半分開いていた。この哀れな身元不明の人物をもっとよく見ようと身を乗りだしたとき、わたしの心臓は激しく脈打っていた。

サイモンではなかった。

そのあとで、サウス・ステートの行方不明者の調査機関で調べてもらったが、行方不明者はいなかった。

駐車場の入口に車を寄せたとき、まだ雪が降っていた。外に出て、ゲートをあけるためにボックスに鍵をさしこんで回した。ゆっくりと遮断機があがっていくのを見つめながらあの日のことを思いだしていた。ひとりの見知らぬ美しい男性がわたしの人生に入りこんできて、わたしのために素手で世界を一時停止させてくれたはじめての雪の日のことを。車に戻ったわたしは拳《こぶし》でハンドルを叩き、ギアを変えて駐車場のなかに車を乗り入れた。

わたしはひどい形相をしていたにちがいない。わたしが受付付近のカーペットに雪の跡をつけながらオフィスに入っていくと、あたかもわたしのことに気づかないかのように、スタッフたちが顔をそむけた。パットのデスクを通過するとき、わたしはうなずいて自分のオフィスのほうを示した。彼女は立ちあがって、ついてきた。

「ドアをしめてくれないか……坐ってくれ」

彼女は眉をひそめ、わたしとむきあって坐った。彼女の目は恐怖と心配で大きく見開かれていた。

「どうしたんです、オグ、なにがあったんですか？」

「気が変になってしまいそうなんだ、パット。聞いてくれ。君はウィンスロップ・ストリートに住んでるんだろう？」

「ええ、一ブロック下ったところですけど」

「毎朝、歩いて仕事にくるとき、駐車場を横切ってくるのかい？」

「ええ」

「駐車場付近で不思議な老人を見かけたことはないかな。奇妙な古着をきて、ふだんは鳩にエサをやってるんだけど。長髪で顎ひげを生やし、いつもバセット犬を連れて歩いているんだ」

パットはちょっと考え、頭を横に振った。

「駐車場のあたりを何人かアルコール中毒の人たちがうろついているのは見かけますが、そんな人はいません」

「その男性を見たことがないかな？　すごく背が高くて、年とってるんだ。ときどき、首に木製の十字架をしているときもあるよ」

「いいえ。どうしたんです、オグ？　なにかあったんですか？」

「いいんだ。あとで話すよ。どうもありがとう。そうだ……いいと言うまで電話をつながないでいてくれないか」

彼女がドアをしめたあと、わたしは坐りこんだまま頭のなかを整理しようとした……脈絡のないイメージがとらえがたい蝶のように現われては消えた……頭のなかや鳩尾《みぞおち》に痛みを覚えたが、無視した。

わたしはおかしくなったのだろうか？　精神的に破綻をきたし、物事を合理的に考えられなくなったのだろうか？　重役のためのセミナーや本がこぞって警告しているように、やみくもに成功をもとめて脇目もふらずにむりをしすぎると、こうなってしまうのだろうか？

それとも、なにかのはずみで心のチャンネルが切り替わり、子供時代に読んで長い間忘れていた物語から蘇った登場人物とともに、空想の世界へと入りこんでしまったのだろうか？

あるいは、プレッシャーと責任が大きくなりすぎて、現実から逃避してしまったのだろうか？

サイモンは単なる夢だったのだろうか？　それはありえない。しかし、もしサイモンが毎朝のように駐車場付近をうろついていたとすれば、なぜパットは彼を見たことがないのだろう？　それに彼のアパートはどうなっているのだろう？

誰かがわたしをからかっているのだろうか？　それにしても、なぜわたしは誰にも彼のことを言わなかったのだろう？　彼の数々の教え……貴重なインスピレーションと知識と希望の時間……あれは一体なんだったのだろう？　人間社会のレースから脱落した人たちをゴミの山から救いだし……この世で一番の奇跡を達成する方法を教えるというラグピッカーの話はなんだったのだろう？　人生のもっとも忙しいこの時期に、わたしがすべてを自分ででっちあげたなどということはありえない。

そのとき、手のなかで茶封筒をもてあそんでいることに突然気づき、正気らしい状態に戻った。その茶色の封筒こそ、真実との唯一のつながり……サイモンとの唯一のつながり……彼が実在していることを示す証拠だった！　魔法のランプよろしく、触れることによって老人をふたたび出現させようとするかのように、わたしは包みを撫《な》でまわした。もし彼がこの包みを送ってくれたとすれば、わたしは気がおかしくはなっていない。サイモンは実在していたのだ！

「サイモン、サイモン……一体どこにいるんですか？　わたしにこんなしうちをしないでくださいよ。あなたからこんなしうちを受ける理由はないはずです！」

よほど、ショックを受けていたのだろう。わたしはデスクのむこう側にある三つのオレンジ色の椅子にむかって叫んだ。それからようやく気を取り直し、封筒をひっくり返すと、折り返しの部分をひきちぎり、なかからクリップでとめられた何枚かの、タイプ文字が打たれた紙を取りだした。

紙を取りだした拍子に、封筒のなかから小さな物がデスクの上に転がり落ちた。拾いあげてみると……およそ一センチ四方の真四角の白旗のついた小さな安全ピンだった。

紙をはさんだクリップには、封筒の表にしたためられているものと同じ手書きの文字で書かれたわたし宛の手紙が添えられていた。

日付は書かれていなかった……。

8　百日間の使命

親愛なるミスター・オグ。

準備不足のためにじっくり時間をかけて遺書を書く暇がありませんでした。埋めあわせにこの手紙を書きます。

昨年の間、あなたは年老いたラグピッカーの人生に、愛と友情と笑いを、そして楽しい会話と萎《しお》れることのない赤いゼラニウムをもたらしてくれました。

ラグピッカーは職業柄、人生のすばらしい贈り物を受け取る側になることに慣れていません。また、自分が助けたいと思っている人にあまり近づきすぎるのも賢明ではありません。けれども、教師が教えられねばならないときや、医師が癒されなければならないときもあります。弁護士が弁護されなければならないときや、喜劇役者が楽しませてもらわなければならないときもあるでしょう。それと同じように、ラグピッカーも愛されなければならないときがあるのです。わたしがあなたを愛しているように、あなたがわたしを愛してくれていたのを知っています。

したがって、同封した「神の覚え書き」の元原稿をあなたにゆずるのは、ふさわしく正しいことです。単に約束を果たすためだけではありません。あなたのお書きになった偉大なセールスマンとわたし自身との奇跡と思えるような一連の偶然の一致を、頂点にもっていくためにもふさわしいことです。

おそらく、あなたが過去の十二カ月の出来事を心のなかにしっかりと整理できるようになるまでには、しばらく時間がかかるでしょう。それでも最後には、わたしが「神の覚え書き」を書くのが、それほど困難な仕事ではないことがおわかりいただけるかもしれません。

あなたはせっかちな人ですから、きっと、手紙のこの部分にさしかかる前に、すでにわたしをさがしあぐね、悲しみと心配に悩まされていることでしょう。心配しないでください。心配する気持ちをすべて心から消し去ってください。サイモンとしてでなく、ラグピッカーの言葉として言いますが、これ以上、悲しまないでください。……というのも、わたしが行くところに、今、あなたはついてこられないからです。でも、いつかはこられるでしょう。

あなたとわたしで契約を結んだことを忘れないでください。「神の覚え書き」は今やあなたのものです。最終的にあなたがそれを世間に公表することを希望しますが、わたしの指示にしたがって、その原理をあなた自身の人生に適用してからでなければなりません。

もっとも困難な仕事は、一回きりの爆発的なエネルギーの発散や努力によってではなく、最善を尽くして日々努力しつづけることによって達成されることを覚えておいてください。

人生をより良きものにするためには、つまり心身を生ける屍の状態から蘇らせるには、自分の目標をしっかりと見据えて、一歩一歩着実に前進していくことが必要なのです。

「神の覚え書き」は新たな人生へのチケットにすぎません。あなたが心を開いてそれを受け入れなければ、なんの役にも立たないでしょう。それ自体はあなたをどの方向にもまったく動かしてくれないでしょう。人生を変える力はあなたのなかに眠っているのです。以下に掲げる法則にしたがいなさい。そうすれば、ひとりでにあなたの力が点火するでしょう。

①まず第一に、カレンダーの今日のこの日に印をつけてください。次に、今日から百日数え、その日に印をつけなさい。これで毎日、日数を数えなくても、奇跡をおこすための使命があと何日残っているかがわかるでしょう。

②次に、封筒のなかに、小さな四角い白旗をつけた小型の安全ピンが入っています。安全ピンと布切れという、この世でもっともありふれた、なんの変哲もない物の組みあわせが、あなたのラグピッカーの秘密のお守りなのです。これからの百日間、「神の覚え書き」が示しているような生き方をしようとしているのだということを片時も忘れないよう、目に見えるところに付けていてください。あなたのピンと布切れが、しくじりの人生からより良い新しい貴重な人生へと生まれ変わろうとしていることの象徴であり、証拠なのです。

③百日間の使命の間、あなたが身に付けているお守りの意味を詮索しようとする人に、どんなことがあっても意味を解きあかしてはなりません。

④百日の間、毎日、寝る前に「神の覚え書き」を読みなさい。そして、あなたが読んだメッセージが決して眠ることのない深層意識に徐々にしみこんでいくのに任せ、心安らかに眠りなさい。どのような理由や訳があっても、ひと晩たりとも、読むことを怠ってはなりません。

一週間、二週間と日が重なっていくにつれ、次第に自分自身のなかで大きな変化が起こっていることに気づくようになるでしょう。あなたの周りにいる人もそのことに気づくはずです。そして百日目、あなたは生きた奇跡になるでしょう。美と神秘と大志と能力を備えた新しい人間になるのです。

そのときになってはじめて、かつてのあなたのように助けを必要としている人をさがしなさい。その人物に二つの物をあげなさい。ラグピッカーの秘密のお守りと「神の覚え書き」です。

そして、もう一つ、わたしがあなたにあたえたものと同じ愛をあたえなさい。

何千人という人たちがラグピッカーのお守りを身に付けている光景が目に見えます。そういった人たちは市場や通り、祈りを捧げる場所や公共の乗物のなかで、また、学校や仕事場で顔をあわせ、お互いのささやかな安全ピンと布切れを見、自分たちの兄弟や姉妹と知って微笑みを投げかけあうでしょう。というのも、相手が共通の目的をもった同じ使命をもち、同じ夢をいだいていることがわかるからです。自分自身の人生を良い方向に変えるという夢です。みんながそれをすれば、世界が変わります。

けれども、あなたの前途には多くの困難が待ち構えているでしょう、ミスター・オグ。将来、あなたの本の一部に「神の覚え書き」を加えることになったら、過去にほかの本でしたようなプロモーション・ツアーをやってくれと出版社に必ず頼まれるでしょう。あなたはそもそも自分で書いたものではないばかりか、それを書いた者がかつて存在していたと証明することもできない「神の覚え書き」を、どのように説明しますか？　あなたがわたしたちのことをありのままに語ったら、それを信じられぬ人間はあなたの人格を疑うでしょう。ひょっとしたら、あなたが正気ではないと思う人もいるかもしれません。そのような人たちを誰が責められるでしょう？　過去には、もっとささいなことで、十字架に架けられたり、首を切られたり、焚刑《ふんけい》に処せられたりした人たちもいるのです。

それでもわたしは「神の覚え書き」をあなたの手にあずけます。そして、あなたが最愛の子供のようにその面倒をみてくれるだろうと信じて疑いません。わたしはあなたが勇気ある人物であるのを知っています。だから、あえてあなたにそれを使ってもらうのです。あなたがそれを出版し、世間の人びとと分かちあうことを望みます。

かつてあなたはわたしに関して、ある予感がすると言いました。この手紙を読めば、わたしたちがもう長い間、会えないことがわかるでしょう。時間や空間に縛られない素敵な友情の平和と温かさのなかで、ともにシェリーをすすりあえる時間はもうないのです。でも、去っていくわたしには悲しみはありません。ともに腕を組んで歩きつつ、永遠をかいま見たという満足感と喜びをもって去っていくのです。これ以上の幸せはありません。

ときおりシェリーを飲みながら、わたしを思いだしてくれることもあるでしょう。ずっとあなたを祝福しています。あなたへの唯一の頼みは、どのような状況におちいろうと、書くことをつづけてほしいということです。あなたのなかには、まだたくさん言うべきことがあります。世界はあなたを必要としています。ラグピッカーたちはあなたを必要としています。そしてわたしもあなたを必要としています。

わたしの親友のひとり、ソクラテスは息をひきとる間際に言いました。「わたしの出発のときがきた。われわれはそれぞれの道を行く。……わたしは死への道、おまえは生きる道。どちらが良いかは、神のみぞ知っている」

ミスター・オグ、わたしはどちらがいいか知っています。

生きる道のほうがいい。

幸福に暮らしなさい……いつまでも平和でありますように。

愛をこめて
サイモン

わたしは手紙を落として、タイプの打たれたページを見つめた。

白い布切れのついた安全ピンを取りあげ、上着の襟の折り返しにそのお守りを付けた。

手を伸ばして、デスクの上にある五年間用のカレンダーを引き寄せた。

今日の日付を丸で囲み、今日から百日を数えた。新年を軽く越していた。

百日目の日を丸で囲んだ。

今夜、ベッドサイドの明かりを消す前に、彼が指示しているとおり、「神の覚え書き」を読むだろう。

両手をきつく握りしめていた。頭を下げると、額がデスクに触れた。なぜわたしは泣いているんだろう？　サイモンがわたしをおき去りにしたからだろうか？　こうなることを知るのが遅すぎたからだろうか？　あるいは、彼の手に触れた今、わたしの人生、わたしの夢、わたしの世界は二度と同じではありえないことを知っているからだろうか？

9 神の覚え書き

神からあなたへ

あなたの叫びが聞こえます。

幾重もの雲にさえぎられた暗闇を突き抜け、星の光と混じりあったあなたの叫びは、太陽の光の道筋にいるわたしの心に届きます。罠にかかって窒息したウサギ、巣から転がり落ちたスズメ、池のなかでもがいている子供、十字架の上で血を流している息子の泣き声に、わたしは苦しめられています。

わたしがあなたの声を聞いていることをわかってください。そして心を平和にし、落ち着いてください。

わたしがあなたの悲しみを慰《なぐさ》めてあげましょう。わたしはあなたの悲しみの原因も……それを癒す方法も知っています。

あなたは子供のときの夢が年を重ねるにつれて、ことごとくついえさってしまったことを嘆いています。

自分を敬う気持ちが数々の失敗によって崩れさってしまったことを嘆いています。

自分の潜在的な可能性のすべてを、安全性と引き換えに、手放してしまったことを嘆いています。

自分の個性が大衆によって踏みにじられてしまったことを嘆いています。

自分の才能がすべてあやまった使い方によって、無駄にされてきたことを嘆いています。

あなたは自分自身のことを不名誉な人間として見つめ、水たまりに映った自分の姿から顔をそむけます。生気のない目で恥ずかしげにあなたを見返すこの人間の偽物は一体、何者なのでしょう?

あなたの優雅な作法、美しい姿、きびきびした動作、澄みきった心、気のきいた話し方はどこにいってしまったのですか？　あなたのそうした品々を誰が盗んだのですか？　わたしは盗んだ者の正体を知っていますが、あなたも知っているのですか？

かつてあなたは、あなたの父の農場の草枕に頭をのせ、雲の大伽藍《だいがらん》を見あげて、バビロンのすべての黄金がやがて自分のものになることを知りました。

かつてあなたはたくさんの本を読み、たくさん書き、ソロモンのすべての知恵に自分が追いつき追い越すことを確信していました。

そして、季節が移り変わって年がたつうちに、自分自身のエデンの園を治めるようになるだろうと確信しました。

あなたのなかにそれらの計画や夢や種を植えつけたのが誰か覚えていますか？　思いだせないでしょう。

はじめてあなたが母親の子宮から出てきて、わたしがあなたの柔らかな額に手をおいたときのことを覚えていないでしょう。あなたを祝福するさい、あなたの小さな耳元にわたしが囁《ささや》いたことを覚えていますか？

わたしたちの間の秘密を覚えていますか？

思いだせないでしょう。

過ぎ去った年月があなたの記憶を破壊してしまったのです。なぜなら、恐怖、疑惑、不安、悔恨、憎悪があなたの心を満たし、それらの獣《けもの》が棲《す》みついた場所に、楽しい記憶がいすわれる余地がないからです。

これ以上、嘆かないでください。わたしはあなたとともにいます……この瞬間はあなたの人生の分かれ目です。今までに過ぎ去った年月は、母親の子宮のなかで眠っていたのと同じようなものです。過ぎ去ったものは死んだものです。死人は死人に埋めてもらいましょう。

今日、あなたは生きた屍から蘇ります。

エリヤが未亡人の息子にやったように、今日、わたしはあなたの上に三度覆《おお》いかぶさりましょう。そうすれば、あなたはふたたび生きはじめるでしょう。

エリシャがシュネム人の息子にやったように、今日、わたしはあなたの唇に唇を、目に目を、手に手を重ねましょう。そうすれば、あなたの肉体はふたたび温まるでしょう。

ラザロの墓でイエスがしたように、今日、わたしはあなたに出てくるように命じましょう。そうすれば、あなたは運命の洞穴から歩み出で、新しい人生をはじめるでしょう。

今日はあなたの誕生日。あなたの新しい誕生の日。あなたの最初の人生は、劇のリハーサルのようなものにすぎませんでした。今回は幕が上がります。今回は世間が見つめ、拍手する用意をしています。今回、あなたは失敗しません。

あなたのロウソクを灯しなさい。パンを分かちあいなさい。ワインを注ぎなさい。あなたは生まれ変わったのです。

さなぎからかえった蝶のように、あなたは飛びたつでしょう。望みのままに高々と飛ぶでしょう。ハチもトンボもカマキリも、真の人生の豊かさをもとめようとするあなたの使命や探求を邪魔しないでしょう。

あなたの頭にわたしの手がおかれているのを感じなさい。

わたしの知恵に耳を貸すのです。

あなたが生まれたときに聞いて忘れてしまった秘密をいま一度、分かちあいましょう。

あなたはわたしの最大の奇跡。

この世で一番の奇跡。

それがあなたの最初に聞いた言葉だったのです。そのあとであなたは泣きだしました。誰でもみんな泣くのです。

あなたはわたしを信じなくなりました。あなたの不信を正してくれることは、今までなにも起こりませんでした。つまらない仕事で自分が失敗したと思っているときに、どうして自分が奇跡になりえましょう？ どんなささいな責任も果たす自信がないときに、どうして自分が奇跡でありえましょう？ 負債に縛られ、明日のパンを思い煩っているときに、どうして自分が奇跡になりえましょう？

それ以上は言わないでください。こぼれたミルクはもとには戻らないのです。でも、わたしは、これまでどれだけの預言者、賢人、詩人、美術家、作曲家、科学者、哲学者、伝導者を送って、あなたが聖なる存在であることや神のような潜在能力をもっていることを告げさせ、成功の秘密について語らせたでしょう？ あなたは彼らをどのようにあつかいましたか？

それでもわたしはあなたを愛しています。預言者が預言したとおり、今、わたしはあなたとともにいます。あなたを救うために。

ふたたびわたしはあなたの上に手をおきます。

今回で二度目です。

あなたはわたしの面影《おもかげ》を宿《やど》しています。

それを知らなかったのですか？　聞いたことがありませんでしたか？　最初から告げられていなかったのでしょうか？　地が創造されたときからずっとわかっていなかったのですか？　そのように尋ねてもむだでしょう。

あなたはそれを知りませんでした。聞いていませんでした。わかっていませんでした。

あなたは、神のようななりをしていると告げられてきました。愚か者を演じる神だと告げられてきました。

あなたは、高貴な目的と無限の能力をもった特別な芸術作品だと告げられてきました。天使のようにふるまい、神のような理解力をもった、形も動きもすばらしい作品だと告げられてきました。

あなたは地の塩だと告げられてきました。

あなたは山を動かす秘密や、不可能を可能にする秘密さえ授けられました。なのに、あなたは誰も信じなくなりました。幸福へといたる地図を焼き払い、心の平和をもとめることをやめ、栄光へとつづく運命の道の脇におかれたロウソクを消してしまったのです。そして、無意味さと自己憐憫の暗闇のなかで、つまずき、迷い、恐れ、ついには自分で生みだした地獄に落ちてしまったのです。

その結果、あなたは泣き、胸をかきむしり、自分の身にふりかかった運命を呪いました。自分自身の狭い了見と怠惰なおこないが目の前の結果を生みだしていることを認めようとせず、自分の失敗の責任を負わせるスケープ・ゴートをさがしました。なんと素早く、スケープ・ゴートを見いだしたでしょう。

あなたはわたしを責めました！

自分の困難、凡庸さ、チャンス不足、失敗は……神の意志だと叫んだのです！

あなたは間違っています！

あなたはすばらしい恵みを授けられているのです。

あなたの目をごらんなさい。目があるゆえに、あなたは昇ったり沈んだりする太陽を見ることができます……わたしがあなたの目につけた何億という感覚の受容器が、美しい緑の葉や純白の雪を見ることを可能にしているのです。静かな池のたたずまい、悠々と空を飛ぶ鷲《わし》、はしゃぎまわる子供たち、夜空を照らす星を見られるのも目のおかげです。

その恵みに感謝しなさい。

あなたのもっている耳。それはなんと見事な道具でしょう。それがあるゆえに、赤ん坊の笑い声も泣き声も聞くことができます。あなたのそれぞれの耳にわたしが組みこんだ二万四千本の神経繊維が木々のそよぎ、岩にあたって砕ける潮の音、荘厳《そうごん》なオペラ、コマドリの訴え、子供たちの遊ぶ声……そして、あなたを愛していますという言葉に反応してふるえるのです。

その恵みに感謝しなさい。

あなたの唇、それは唾《つば》をはくためだけのものではありません。唇があるゆえに、あなたは話すことができます……私が生みだしたほかの生物はできませんが、あなたの言葉は、怒りを鎮め、意気消沈した人を元気にし、仕事を投げだしたがっている人を激励し、不幸な人を楽しませ、孤独な人を癒し、褒《ほ》める価値のある人を褒め、敗北した人を励まし、無知の人に教え……あなたを愛していますということができます。

その恵みに感謝しなさい。

あなたは、風や周囲のものにいじめられるまま、小さな一点に縛りつけられている木ではありません。背伸びをし、走り、踊り、働くことができるのです。というのも、わたしがあなたのなかに設計して組みこんだ五百の筋肉、二百の骨、十一キロメートルもの神経繊維が、あなたの命ずるままに、協調して働くからです。

その恵みに感謝しなさい。

あなたは愛に飢えていますか？　夜も日も、孤独にのみこまれていますか？　いいえ、これからはそうではありません。わたしが愛の秘密を教えましょう。愛を受け取るには、愛されることはもとめずに愛をあたえなければならないという秘密です。なにかの目的をはたすためや満足をうるために、また自分の誇りを守るために愛することは、愛ではありません。愛とはなんの見返りももとめない贈り物なのです。今やあなたは、利己心をもたない愛がそれ自体で報酬であることを知っています。たとえ、あたえた愛がかえってこなかったとしても、愛は失われません。報われない愛はあなたのもとに舞い戻り、あなたの心を和らげ、浄《きよ》めるからです。

その恵みに感謝しなさい。二度、感謝しなさい。

あなたの心臓は脈打っています。胸に触れて、日夜、脈打つそのリズムを感じてみなさい。眠っているときも、目覚めているときも、毎年毎年、三千六百万回の脈を打ち、静脈や動脈や血管のなかに大量の血液を送りだしているのです……毎年、二百七十万リットル以上の血液を送りだしているのです。人間は決してそのような機械を作りませんでした。

その恵みに感謝しなさい。

あなたの柔らかい皮膚をごらんなさい。それは驚くべき創造の産物であり、石鹸とオイルとブラシで世話をし、気づかってやるだけでいいのです。すべての鋼鉄はときがたてば色あせて錆《さ》びつきますが、あなたの皮膚はそうではありません。最強の金属でさえ、使えばやがてすりきれますが、わたしがあなたの周囲にこしらえた皮膚という層はそうではありません。年老いた人間が若い人たちに取って代わられるように、皮膚もたえず古い細胞を新しい細胞に取って代わらせ、新しくなるのです。

その恵みに感謝しなさい。

深々と呼吸をしてごらんなさい。すがすがしい生命の息吹が体内に入ってくるのがわかるでしょう。肺という命の窓がそれを可能にしているのです。あなたの命の窓はあなた自身がつくりだした最悪の環境のなかでさえ、あなたをささえています。六億もの折りたたまれた肉のポケットを通してあなたを生かす酸素を濾《ろ》過《か》するいっぽうで、ガス状の老廃物を体から排出させているのです。

その恵みに感謝しなさい。

あなたの全身には温かな血が流れています。あなたの四・七リットルの血液のなかには、二十二兆もの血液細胞がふくまれており、それぞれの細胞には、数百万の分子がふくまれています。さらに、各分子のなかには、毎秒、一千万回以上の速さで振動している原子があります。毎秒、二百万個以上の血液細胞が死んで、新しい細胞に取って代わられるということが、あなたの誕生以来つづいているのです。体のなかがつねにそうだったように、あなたも今、生まれ変わろうとしています。

その恵みに感謝しなさい。

あなたの脳、それは宇宙でもっとも複雑な構造物です。わたしは知っています。およそ千三百グラムの脳のなかには、百三十億もの神経繊維が入っています。これは地球上の人口のほぼ三倍にあたります。あなたが誕生以来体験したあらゆる知覚、音、味、匂い、行動をしまいこんでおくのを助けるために、わたしは、あなたの細胞のなかに数えきれないほどの分子を埋めこみました。あなたの人生でおきたすべての出来事がそこにあり、思いだされるのを待っています。また、脳が体を制御するのを助けるために、あなたの体じゅうに、四百万の痛みを感じる探知機、五十万の触感の探知機、二十万以上もの温度を感じる探知機をちりばめておきました。いかなる国の金塊もあなたほど完璧に守られていることはないでしょう。古代の驚異をさがしてみても、あなたほど偉大なものはないでしょう。

あなたはわたしの最高の創造物。

あなたのなかには、世界の偉大な都市を破壊し……再生することのできる充分な原子エネルギーがふくまれているのです。

これでもあなたは自分が貧しいと言うのですか？　いいえ、あなたは裕福です！　たった今、あなたの富を一緒に数えあげてきました。目録を振りかえってみてごらんなさい。もう一度、それを数えてみなさい。自分の財産を数えてみるのです！

なぜあなたは自分を裏切ったのですか？　人間のすべての恵みが自分からはぎ取られてしまったと嘆くのはなぜですか？　自分に人生を変える力がないと、どうして自分に嘘をついたのですか？　あなたには才能も、五感も、能力も、楽しみも、本能も、感覚も、誇りもないと言うのですか？　希望もないのですか？　敗北した巨人のようにどうして隅に縮こまっているのですか？　じめじめした地獄のなかがそんなにもいいと言うのですか？

あなたは多くのものをもっています。あなたの恵みはコップから溢れています。……贅沢によって甘やかされた子供のように、それらにあなたは気づかないのです。わたしは気前よく平等にそれらのものを授けたのです。

わたしに答えてください。

自分自身に答えてください。

あなたが自分の恵みをそんなにも軽々しくあつかうなら、年老いて病にたおれ、弱って絶望した裕福な人間ですら、地下にためこんだ黄金を、若さや健康とひきかえようとしないでしょう。

幸福と成功に導く第一の秘密を教えてあげましょう。あなたは今このときでさえ、偉大な栄光を達成するために必要なすべての恵みをもっているということです。それらはあなたの宝であり、今日から、新しいより良い人生の基盤を作るための道具なのです。

ですから、自分の恵みに感謝し、すでに自分が偉大なる創造物であることを認識してください。それが、この世で一番の奇跡をおこない、生きた屍から蘇るためにあなたがしたがわねばならない第一の法則です。

貧しさのなかで学んだ教えに感謝しなさい。なぜなら、物をもっていない者が貧しい者ではないからです。より多くを欲する者だけが貧しいのです。真の安心は、もっている物のなかにはなく、物をもたなくてもできることのなかにあります。

あなたを失敗に導いた不利な条件はどこにあるのですか？　あるのはあなたの

心のなかだけにすぎません。

自分の恵みに感謝しなさい。

第二の法則は、第一の法則に似ています。

自分のかけがえのなさを主張するということです。あなたは自分を無縁墓地に閉じこめ、自己憎悪と罪の意識で自分を責めつづけています。自分自身の失敗を許せないまま、自分自身や他人に対して犯した罪を糾弾しつづけています。

あなたは不思議に思うかもしれません。あなたが自分の失敗や罪、あさましいふるまいを許せないのに、なぜわたしが許せるのかと。

あなたに三つの理由を教えましょう。第一にあなたはわたしを必要としています。あなたは灰色の凡庸さのかたまりのなかで破壊にむかって進む群衆のひとりではありません。そして、あなたは偉大でまれな存在なのです。

レンブラントの絵画、ドガのブロンズ像、ストラディバリウスのバイオリン、シェークスピアの戯曲を思い浮かべてください。それらは二つの理由で偉大な価値をもっています。一つは創作にあたった者が達人であるということ、もう一つは、その数が少ないということです。けれども、それらのうちのどれよりも、めずらしいものがあります。

あなたこそ、地球上でもっとも貴重な宝なのです。自分を創りだしたものが誰かを知っているだけではなく、自分がこの世にたったひとりしかいないことを知っているのですから。

人類の歴史がはじまって以来、この惑星の上を歩いたことのある七百億人の人間のなかに、あなたとまったく同一の人物は誰もいないのです。

この世の終わりまで、あなたのような人物は出てこないでしょう。

あなたは自分のかけがえのなさを知りもしなければ、評価もしてきませんでした。

でも、あなたはこの世でもっともまれな存在なのです。

崇高な愛の瞬間、あなたの父親から数にして四億以上のおびただしい愛の種子が流れだしました。あなたの母親の胎内を泳いでいる途中、そのすべてがあきらめて死んでいったのです。たった一つ、あなたを除いてすべてが。

あなただけが母胎の温かさのなかで辛抱し、あなたのかたわれであるたった一つの細胞をさがしもとめたのです。その細胞はとても小さいので、子宮を満たすために二百万個もの細胞が必要でした。しかし、どんなに小さな確率でも、その広大な暗闇と混乱の海のなかで、あなたは我慢し、極微の細胞を見いだして合体し、新しい人生をはじめたのです。ほかでもないあなたの人生を。

あなたは、すべての子供がそうであるように、まだ人間に失望していないというメッセージを携《たずさ》えて到着しました。そうして二つの細胞は奇跡の融合をとげたのです。二つの細胞のそれぞれは二十三対《つい》の染色体をふくみ、各染色体のなかには、何百という遺伝子がふくまれています。それらの遺伝子があなたの瞳の色や魅力的な物腰から脳の大きさにいたるまで、あなたの特徴をすべて司《つかさど》るのです。

四億もの精子と、各染色体の何百もの遺伝子を組みあわせれば、三百兆もの異なった人間を生みだすことが可能なのです。

けれども、誰をわたしは生みだしたでしょう。

あなたです！　たったひとりしかいない、かけがえのないあなたです。心や言動、動きや容貌や行動において、これまで生きていた誰とも、今、生きている誰とも、これから生まれてくる誰とも同じでない性質を備えた値段のつけようのない宝物。

あなたは値段のつけようがないほど値打ちがあるのに、どうして自分を安売りしてきたのですか？

あなたをけなす人の言うことにどうして耳を傾けたのですか？　なお悪いことに、どうして彼らを信じたのですか？

わたしの忠告を聞いてください。これ以上、自分のかけがえのなさを暗闇に隠してはなりません。表に出すのです。世界に示すのです。あなたの兄が歩くように歩いてはなりません。あなたの指導者が話すように話してはなりません。人が働くように働いてはなりません。他人と同じことをしてはならないのです。人真似をしてはならないのです。自分が悪魔の真似をしていないことがどうしてわかるでしょう。誰のことも模倣してはなりません。自分自身でありなさい。自分のかけがえのなさを世界に示しなさい。そうすれば、世界はあなたに黄金をもって応えるでしょう。それが幸福と成功に導く第二法則です。

あなたのかけがえのなさを主張しなさい。

今、あなたは二つの法則を手に入れました。

自分の恵みに感謝しなさい！　自分のかけがえのなさを主張しなさい！

あなたには不利な条件などなにもありません。あなたは凡庸ではないのです。あなたは他人に意見を合わせます。無理に笑顔も作ります。自分を偽っていることも認めます。

次のあなたの不平はなんでしょう？　自分にチャンスがめぐってこないということですか？

そのようなことは終わりになります。今、わたしがあなたにあらゆる企《くわだ》てで成功する法則を教えるからです。何世紀も前、この法則は山頂からあなたの祖先にあたえられました。ある者たちはその法則を重んじたがゆえに、幸福と成功と富と心の平和に満たされた人生を送りました。けれども、ほとんどの人たちはそれに耳を貸しませんでした。というのも、魔法の手段やよこしまなやり方をさがしもとめ、彼らに豊かな人生をもたらしてくれる幸運という悪魔を待っていたからです。彼らはむなしく待ちつづけました。ちょうどあなたが待っているように。そして、あなたが泣いたように泣き、幸運の不足をわたしの意志のせいにして責めました。

その法則は単純なものです。老若男女、貧民も王も、誰でも自分のためにこの秘密を用いることができます。成功のあらゆる法則やどうしたら成功できるかについて言われたり、書かれたりしてきたもののなかで、この方法だけがしくじったことがありませんでした。

「もし、誰かが、あなたをしいて一マイル行かせようとするなら、その人とともに二マイル行きなさい」――つまり自分の枠を超えるという法則です。

それが第三の法則です。あなたの夢を超えた豊かさと喝采《かっさい》を生みだす秘訣なのです。

自分の枠を超えなさい！

たった一つの確かな成功の手段は、どんな仕事をしていようと、自分に期待されている以上の奉仕をすることなのです。それは歴史がはじまって以来、成功した人たちすべてがしたがってきた習慣です。したがって、自分自身を凡庸にさせておくためのもっとも確実な方法は、支払いを受けているぶんだけの仕事をすることだと言えます。

自分が受け取っているお金以上の仕事をするのは騙《だま》されている証拠だと思って

はいけません。なぜなら人生には振り子があって、あなたのかく汗は今日、報われなくても、明日、十倍になって戻ってくるからです。凡庸な人間は自分の枠を決して超えようとはしません。自分を騙すべきではないと思うからです。しかし、あなたは凡庸な人間ではありません。枠を超えるのは自分自身の意志で承認しなければならない特権なのです。それは避けられないし、避けてはなりません。それを無視し、他人と同じようにほとんどなにもしないでいてみなさい。そのときの失敗の責任をとるのはあなた以外にありません。

自分の枠を超えて奉仕すれば、必ず報酬がついてまわります。原因と結果、手段と目的、種と果実、これらは引き離すことができないのです。結果はすでに原因のなかに咲いています。目的はすでに手段のなかに存在し、果実はつねに種のなかにあります。

自分の枠を超えなさい。

不快な主人に仕えていても、気にしてはなりません。彼にもっと奉仕しなさい。

そして、あなたに借りがあるのは、彼ではなく、わたしということにしてください。そうすれば、刻一刻と余分な奉仕への報酬が支払われているのが感じられるでしょう。すぐに報酬がこなくても、心配しないようにしなさい。長い間、支払いが止められていればいるほど、あなたにとっていいでしょう。利息に利息が重なるというのが、この法則の最大の利点なのです。

あなたは成功を強要することはできません。成功に値することができるだけです。そして今、まれなる報酬に値するために必要な、偉大なる秘密を知ったのです。

自分の枠を超えなさい。

チャンスがないと言って泣いた場所はどこにありますか？　見なさい！　あなたの周囲を見まわしてみなさい。つい昨日、自己憐憫でのたうっていた場所で、あなたは黄金のカーペットの上を背筋を伸ばして歩いています。なにも変わってはいません……あなた以外に。そしてあなたがすべてなのです。

あなたはわたしの最大の奇跡。

この世で一番の奇跡。

今や、幸福と成功に導く法則は三つあります。

自分の恵みに感謝しなさい！　自分のかけがえのなさを主張しなさい！　自分の枠を超えなさい！

根気づよく進まなければなりません。感謝の気持ちをもって自分の恵みを数えあげ、誇りをもって自分のかけがえのなさを主張し、自分の枠を超えて進むのです。これらのことは、まばたきする間には実現されません。苦労に苦労を重ねて獲得したものこそ、もっとも長持ちするのです。自分で財産を築いた者のほうが、相続した者より自分の財産を大切にするのと同じです。

新しい人生に入っていくのを恐れてはなりません。崇高なことをなしとげようとすると必ずリスクがともないます。リスクを負うのを恐れる者は、崇高なことをなしとげようと期待してはなりません。今やあなたは、自分が奇跡であるのを知っています。奇跡には恐怖はないのです。

誇りをもちなさい。あなたは人生の研究室で実験をしている気まぐれで無頓着な研究者ではないのです。理解できない力の奴隷ではないのです。あなたはほかならぬわたしの力の自由な表現であり、わたしの愛の自由な現われなのです。あなたは一つの目的をもって創られました。

わたしの手を感じなさい。わたしの言葉を聞きなさい。

あなたはわたしを必要としています。わたしはあなたを必要としています。

われわれには再建すべき世界があります。もしそれに奇跡が必要なら、その奇跡とはなんでしょう？　わたしたちが両方とも奇跡だということです。

わたしは、はじめて巨大な波からあなたをつむぎだし、砂の上にあなたを打ちあげた日以来、あなたへの信頼を失ったことがありません。あなたの時間にすれば、それは五億年以上も前のことでした。三万年以上も前にあなたを完成させるまで、たくさんのモデル、形、大きさがありました。それ以来、あなたを改善する努力はしていません。

というのも、どうして奇跡を改善することができましょう？　あなたは見るだけで一つの驚異であり、わたしを喜ばせました。わたしはあなたにこの世界とその統治権をあたえました。それから、あなたが自分の可能性を完全に出しきれるように、わたしはもう一度、あなたの上に手をおき、今日でさえ、宇宙のいかなる生物にも知られていないパワーを授けたのです。

わたしはあなたに、

考える力をあたえました。

愛する力をあたえました。

意志の力をあたえました。

笑う力をあたえました。

想像する力をあたえました。

創造する力をあたえました。

計画する力をあたえました。

話す力をあたえました。

祈る力をあたえました。

あなたを誇りに思うわたしの気持ちには限りがありません。あなたはわたしの究極の創造物、もっとも偉大な奇跡なのです。完璧な生き物なのです。いかなる風土や困難、挑戦にも応じられる存在。わたしからのいっさいの干渉がなくても、自分自身の運命を操ることができる存在。感じたものや知覚したものを、本能的にではなく、考え、熟慮することによって、自分自身や全人類にとって最良の行動に変えることのできる存在なのです。

かくして、われわれは成功と幸福の第四の法則にいきつくのです。わたしは、もう一つ、天使さえもっていない偉大な力をあなたにあたえました。

選択する力です。

この贈り物によって、わたしはあなたを天使より上位においたのです。なぜなら、天使は選ぶ自由をもっていないからです。わたしはあなたに自分の運命の完璧な制御権をあたえました。自分の自由意志に相談して、あなた自身の性質を自分で決めるよう告げたのです。あなたは本質的に天国的存在でも、地上的存在でもありません。自分の好みに応じた形に自分を作る自由をもっているのです。あなたは最低の生命に堕落する自由をもちましたが、それと同時に、魂の判断により、神聖な高次元の生命に生まれ変わる力ももったのです。

わたしはあなたから偉大な力、選択する力を取りあげたことはありません。

この莫大な力をあなたはどうしましたか? 自分自身を見つめてください。これまでの人生にあなたがなしてきた選択を振りかえってみてください。

過ぎ去ったものは過ぎ去ったものです。今、あなたは第四の偉大な幸福と成功の法則を知っています……自分の選択する力を賢く使いなさい。

憎むより、愛することを選びなさい。
泣くより、笑うことを選びなさい。
破壊するより、創造することを選びなさい。
あきらめるより、忍耐することを選びなさい。
人のうわさ話をするより、褒めることを選びなさい。
傷つけることより、癒すことを選びなさい。
盗むより、あたえることを選びなさい。
ぐずぐずすることより、行動することを選びなさい。
堕落するより、成長することを選びなさい。
呪うより、祈ることを選びなさい。
死ぬより、生きることを選びなさい。

今あなたは、自分の不運がわたしの意志ではなかったことを知っています。というのも、すべての力があなたのなかに授けられているからです。人間性を拒否する行為や思考の蓄積はあなたのしていることであって、わたしのものではありません。わたしの贈り物は小さなあなたの性質に大きすぎたのです。今では、あなたは大きく成長して賢くなりました。大地の恵みはあなたのものになるでしょう。

あなたは人間以上の存在なのです。開かれた可能性をもった「成る人間」なのです。

あなたは驚異的なものごとをやってのけることができます。あなたの可能性には限りがありません。わたしが創ったほかの創造物のなかで、火を用いることをマスターしたものはいますか？　重力を征服し、天に突入し、いろいろな病気や疫病や旱魃《かんばつ》を征服したものはいるでしょうか？

二度と身を落としてはなりません！

クズのような人生に甘んじてはいけません！

今日のこの日から、自分の才能を隠してはなりません！

子供が「大きくなったら」と言うのを思いだしてください。しかし、それはなんでしょう？　大きくなった少年は言います。「大人になったら」と。大人になると、「結婚したら」と言います。しかし、結婚したからって、それがなんだというのでしょう？　結婚すると、考えが変わり、「退職したら」と言います。退職のときがくると、歩んできた風景を振りかえります。冷たい風がその上を吹き渡り、どうしてか自分の人生をつかみそこねたことに気づきます。

今日のこの日を楽しみなさい。明日は明日、楽しめばいいのです。

あなたはこの世で一番の奇跡をなしとげたのです。

生きながらの死から蘇ったのです。

もうこれ以上、自分を憐れまないでしょう。毎日が、挑戦となり、喜びとなるでしょう。

あなたはふたたび生まれ変わったのです。でも、以前と同じように、失敗や絶望を、あるいは成功や幸福を選ぶことができます。選択はあなたにまかされています。選択するのはあなただけなのです。わたしは前と同じように、誇らしく、あるいは悲しみながら、見つめていることしかできません。

では、ここで幸福と成功の四つの法則を思いだしてください。

自分の恵みに感謝しなさい。

自分のかけがえのなさを主張しなさい。

自分の枠を超えなさい。

選ぶ力を賢く用いなさい。

そして、もう一つ、以上の四つを実現するために必要なことがあります。自分自身への愛、他者への愛、そしてわたしへの愛をもって以上のことをやり抜くということです。

涙をぬぐいなさい。手を伸ばしてわたしの手をつかみ、背筋をピンと立てなさい。

あなたを縛ってきた墓場の衣装をわたしに切り裂かせてください。

今日、あなたは知らされました。

自分こそ、「この世で一番の奇跡」であることを。

10　この世で一番の奇跡

オフィスでするクリスマス・パーティはことごとく廃止すべきだとわたしは信じている。少なくともひとりの哀れな魂の持ち主が、酒に酔った勢いで、たまったうさや憂鬱《ゆううつ》を晴らそうとするのを避ける方法はない。その結果、のちに後悔するような場面で終わるのが関の山である。酒飲み運転で自らの命を絶ったり、罪のない人の命を奪ったりしようとしている者を阻止しようとするいさかいに発展することもめずらしくない。わたしにはわかっている。自分自身もずっと以前……二、三度、愚かなふるまいをしたことがあるのを。

それればかりか、クリスマスのご馳走は、どんな洗剤を用いても完全には消し去れない汚れをオフィスのカーペットに残す。

毎年、クリスマス明けの出勤日になるとわたしは決心する。来年こそ、オフィスでのパーティはやめよう。そうやって馬鹿馬鹿しくも浪費するお金を、代わりに困っている家族にあたえようと。だが毎年、委員会の面々がパーティの計画を練りはじめると、わたしは弱気になり、なんの反対もせず、許してしまうのだ。

かくしてわたしは、誰かのレコード・プレーヤーが雑音だらけの「ホワイト・クリスマス」を単調にかなでるなか、何杯かのお酒を飲み、馬鹿馬鹿しい贈り物の交換をしている間、微笑みを浮かべようとしていた。それから、警備員になったような気持ちで、みんなの肩を叩き、頬にキスをしながら歩き回り、全員、途中でホテルに泊まったり、酒飲み運転で捕まったりせずに、無事に家に帰ってくれるよう願うのだった。

やがてワインが空になり、急激にオフィスから人が引いていった。いつものように、あとに残ったのはゴミの山だけだった。かたづけてもらうには、清掃員のために二十ドル紙幣をおいておくしかない。パットのデスクの上に立てかけたクリスマス・カードのなかに二十ドル紙幣がすでにしこんであった。そこなら、清掃員も見逃すことはないだろう。

わたしは最後のワイン・グラスをもって自分のオフィスに行き、疲れきって長椅子の上に腰を下ろした。そしてグラスを灰皿のなかにおいた。グラス……気がつくと、ほとんど催眠術にかかったように、それをじっと見つめていた。サイモン。ともにシェリーを注ぎ、飲みほしたシェリー・グラス。サイモン。サイモン。どこにいるんだ?

突然、わたしはある決意をし、自分のデスクのところに行った。電話帳の「F」を押し、フレデリック・フェルの家の電話番号を見いだした。ダイヤルし、「クリスマス、おめでとう」と言うと、すぐに彼はわたしの声を認めた。

「オグ、君の声を聞けるなんてすばらしいよ。元気かい。シカゴの天気はどうなんだい?」

「雪が降ったよ」

「ここじゃ、二日間、雨だ。ロング・アイランドは沈むんじゃないかと思うよ」

「じゃあ、マイアミにむかわなくちゃ」

「遅すぎるよ。ところで、どうしたんだい」

「オフィスでたった今、クリスマス・パーティをやったばかりなんだけど……」

「それで、何杯かの酒を飲み、少し感傷的になって、年老いた君の発行者を思いだしたってわけか」

「そんなところだが……もう一つ理由があるんだ」

「なんだい」

「新しい本を書く準備ができたんだよ」

「本当かい。君はお金を数えることと、トークショーでゴア・ビダール〈アメリカの作家〉のように喋《しゃべ》ることに忙しくて、これ以上、ものを書く暇はないんじゃないかと思いはじめていたんだ。なにを書きたいんだい？　どんな本を？」

「話したくないんだ。電話でも、直接会っても、説明できないんだよ。ただ、やりたいんだ」

「タイトルは決まってるのかい？」

「この世で一番の奇跡」

「もう気にいったよ。どんな奇跡？」

「聞かないでくれ」

「『世界一のセールスマン』のような本になるのかな？」

「あれ以上だ。比べる必要はないけどね」

「オーケー、オグ。プッシュしないほうがいいことはわかってる。契約は？」

「いそがないよ。君の都合のいいときでいいんだ」

「前と同じ条件でいいかい？」

「いいよ」

「原稿の受け渡しの日付はいつにしよう？」

「ええと……一九七五年一月三十一日」

「今から一年一カ月も先だよ。そんなに長い時間が必要なのかい？」

「必要なんだ」

「わかった。まかせておけ。だが、われわれはなんという関係だろう！　自分がなにを買うかわからないで契約しちまう発行者が、ほかにどのくらいいるだろうね？」

「メイラーの発行者、ウォレスの発行者、アップダイクの発行者、ファウルズの発行者、ミッチェナーの発行者、ヘリオットの発行者……」

「メリー・クリスマス、オグ」

「君にもメリー・クリスマス。愛をこめて」

「わたしも」

オフィスを出たときもまだ雪が降っていて真っ暗だった。駐車場まで足跡を残して行った。心に猛烈なむなしさを感じた。なぜだかわかっていた。駐車場のむこうに、何時間も幸せなときを過ごしたアパートの輪郭が見えた。降りしきる雪を通して、その無言のかたまりのなかに、いくつか四角い光がまたたいているのが見えた。

今頃、サイモンがいれば、お互いにシェリー・グラスを手に「メリー・クリスマス」を交わしあっていただろう。わたしがどんな馬鹿げた贈り物をもっていったとしても、彼はその美しい声で、わたしの心を清めてくれていたにちがいない。サイモン……サイモン……。

「あなたがいなくて寂しい。寂しくてたまらない」。わたしは大声で、風と雪にむかって語りかけていた。泣きだしたい気持ちだったが、必死で腹のなかにそれを収めた。わたしは完全に孤独にうちひしがれ……自分を見失っていた。

それでもなんとか力を振り絞ってしゃんとした。家に帰らなければならなかった。まだしなければならない買物もあった。人生は休みなくつづくのだ。

手さぐりで車の鍵をさがしあて、ドアの鍵をあけた。イグニッション・キーを回すとき、やにわにもう一杯飲みたい衝動にかられた。しかし、どうなるかわたしにはわかっていた。一杯が二杯になり、すぐに二十杯になるだろう……次々にバーを巡り歩いてさがしても、サイモンは見いだせないだろう。

車をバックさせ、鋭く切り返して、出口のゲートにもっていった。降ったばかりの雪をタイヤが騒々しく踏みならす音がした。窓ガラスをおろし、手を伸ばして、遮断機を上げるためのキー・ボックスに鍵をさしこんで回した。遮断機がきしむ音を立てて、ゆっくりと空にむかって上がった。ギアを「ドライブ」に入れ、そっとアクセルを踏んで、遮断機の下の小さなアスファルトのもりあがりにむかった。そのてっぺんに前輪がさしかかると、車の前部がやや上向きになり、ヘッドライトの光がむかいのアパートの二階に当たった。

わたしは目をしばたたかせ、頭を振った。もう一度見た。

ヘッドライトの光線が溶けあって一本の光の棒となり、窓辺のプランターを照らしていた。

ああ、神様！

プランターのなかに、ややかしいだまま雪をかぶった一本の植物が生えていた。

……美しい植物！

……最高の植物！

……赤いガラスのゼラニウム。

訳者あとがき

本書は単純なストーリーのなかに、深い人生の智恵をちりばめたオグ・マンディーノの傑作です。原題は邦題と同じ"THE GREATEST MIRACLE IN THE WORLD"です。老若男女、どんな年齢層の方にも勧められる心のクスリになる本です。

最近、自己啓発やセルフヘルプの本が次々に出版されていますが、この本ほどストレートに、しかも心にしみいるような方法で、自分らしく生きるために必要なことを教えてくれる本はめったにありません。一九七〇年代の半ばに書かれた本ですが、世界二十二カ国で翻訳され、七百万部以上も売れたといわれる、まさに世界的なベストセラーです。

インターネットの仮想書店〝アマゾン・コム〟でこの本のページを開いてみると、いまだに読者から次々に反響が寄せられているのがよくわかります。なかには刑務所のなかで読んで、人生とはなにかに目覚めたという人もいるようです。歌手のマイケル・ジャクソン、ABCテレビのニュースキャスター、ポール・ハーベイ、アムウェイ・コーポレーションの社長、リッチ・デボスをはじめとする各界の著名人からの賛辞もたくさん寄せられています。

本書がこれほどまでに人気を集めているのは、多くの現代人が、物質的には恵まれた社会に生きていながら、自分自身を見失い、むなしさを感じているからでしょう。マンディーノは本書のなかで、自分を見失ってしまっている人を手きびしく「生きた屍」と呼んでいます。そのような人たちをいかにして「復活」させ、幸福な人生へと導くかが、本書のメインテーマになっているのです。そのために彼はラグピッカーをなりわいとする謎の老人、サイモン・ポッターを登場させます。この老人こそ、マンディーノの豊かな想像力が生みだした「救世主」だと言っていいでしょう。この魅力的な老人の話に読者は知らぬまにひきずりこまれていきます。

サイモン・ポッターは「神の覚え書き」をマンディーノに託し、姿をくらまします。それはひと言で言えば、失われた自分を取り戻し、この世で成功するための法則を詩的にちりばめたカジュアルな聖書のようなものです。サイモンが勧めているように、それを繰りかえし読みかえせば、きっとあなたのなかでなにかが変わるはずです。

オグ・マンディーノは日本ではまだまとまった紹介をされていませんが、自己啓発や成功哲学の分野では、世界を代表する作家です。一九九六年に他界するまで、彼はしめて十九冊の著作を著していますが、その大半がベストセラーのリストに名を列《つら》ね、世界二十二カ国で三千六百万部も売ったと言われています。しかし、マンディーノは最初から作家として成功を収めていたわけではありません。一九二三年にボストンに生まれ、第二次大戦で兵役についてから、戦後は保険会社に勤めていました。本格的に著作活動を開始したのは一九六五年、『サクセス・アンリミティッド・マガジン』の編集長に就任してからですから、四十歳をすぎていたわけです。彼をベストセラー作家にのしあげたのは、一九六八年に小さな出版社から出した処女作『世界一のセールスマン』(日本では『地上最強の商人』というタイトルで、日本経営合理化協会出版局から経営者むけに出版されている）でした。本書『この世で一番の奇跡』は、『世界一のセールスマン』がベストセラーになり評判になりはじめた頃に書かれたものです。以来、『世界一の秘密』『世界一の成功』『チョイス』『キリスト査問委員会』『より良き人生』『十二番目の天使』といったヒット作を次々に飛ばし、押しも押されもせぬ大作家になっていったわけです。一九八八年には『世界一のセールスマン』の続篇を、一九九二年には『この世で一番の奇跡』の続篇を出版し、ニューヨーク・タイムズのベストセラー・リストに名を列ねました。一九八六年には、ナポレオン・ヒル文学賞のゴールド・メダルを受賞しています。

マンディーノはいわゆるインテリ作家ではありません。家庭の事情で大学にも行けず、独学で文学の修業をした苦労人です。多くの読者をひきつけてやまないのは、そうした彼の人生体験が書くものに色濃く反映されているからでしょう。彼の処女作『世界一のセールスマン』は、アラブの貧しい少年が、古代から伝わる成功を収めるための秘密の巻物を手に入れ、それを実践することによって、世界一のセールスマンになっていくというお話なのですが、五年ほど前にはじめてその本を読んだとき、私はスピリチャリティの本質のようなものを感じたのを覚えています。簡単に言えば、商売することもふくめて、人間にとって一番大切なものはなにか、を教えてくれたということです。『この世で一番の奇跡』では、そのような思索がさらに深められています。マンディーノの数ある著作のなかでも、この二作目の本書に対する反響がもっとも大きかったと本人自身が告白しています。ハリウッドでも、何度か映画化の話があったようです。

はじめて彼の本を読んで以来、いつか彼の著作を紹介したいと思っていた私にとって、このような形で彼の代表作とも言える作品を世に出せることは、非常にうれしいことです。冒頭に書いたように、小学校の高学年からお年寄りにいたるまで、誰にでも読めるものなので、気軽に読んでいただければ幸いだと思っています。きっと心にしみこんでくるものがあるはずです。私がもっているインターネットのホームページに、この本の読者のコーナーを設けようと思いますので、感想をお寄せいただければ幸いです。

（ホームページのアドレスは、http://member.nifty.ne.jp/ecco/）

本書にはマンディーノとサイモン・ポッターとの出会いが書かれていますが、

この本が生まれるきっかけを作ったのもさまざまな出会いでした。それらの人びとに、この場を借りて感謝の気持ちを申し述べたいと思います。

一九九九年一月

菅　靖彦

文庫版への訳者あとがき

今、日本では、マンディーノ・ブームと呼んでもいいような現象が起きています。

次々にマンディーノの本が翻訳され、たくさんの人たちに読まれています。そうしたブームに先鞭《せんべん》をつけたのは、『十二番目の天使』ですが、本書『この世で一番の奇跡』が読者たちに引き起こした反響も、すさまじいものでした。

下は中学生から上はかなりの年配の方にいたるまで、数えきれないほど大量のメールが、訳者である私のところに送られてきました。そのほとんどが、感動したとか、勇気づけられたというものでした。「神の覚え書き」のところを読んでいるうちに、涙が溢れてきてとまらなくなりました、と書いていた読者もたくさんいます。

二十年に及ぶ翻訳生活のなかで、これだけ読者からの反響があった本はありません。でも、出版にこぎつける前から、あらかたこうなることは予想していました。というのも、訳者である私がはじめてこの本に触れたとき、言うに言われぬ「オーラ」のようなものを感じたからです。

本書でマンディーノが言わんとしていることは、決してむずかしいことではありません。それどころか、ある意味で、あたりまえのことかもしれません。けれども、あたりまえすぎて忘れてしまっている大切なことがあることを、マンディーノは鮮烈に思い出させてくれます。

あなた自身がこの世で一番の奇跡であることを、です。なぜそうなのかは、本文のなかで、詳しく、説得力をもって語られています。

文庫本という手に取りやすい形で刊行されることになったこの機会に、さらに多くの人たちに感動の輪が広がっていくのを願ってやみません。

単行本で一度読んだという方も、文庫版をハンドバッグや鞄《かばん》のなかに入れて持ち歩き、自信をなくして落ち込んだときや、日々の生活に追われて、自分自身を見失いそうになったとき、ふたたび読みかえしてみてはどうでしょう。マンディーノ自身が本文のなかで語っているように、本書は繰りかえして読むことに意義がある本だからです。きっと、どんなクスリよりもよくきくはずです。
それでは、新たな読者からのメールをお待ちしています。

二〇〇三年一月

菅　靖彦

著者紹介
オグ・マンディーノ（Og Mandino）
1923年、ボストン生まれ。高校卒業後、空軍に入隊。その後、メトロポリタン生命保険、シカゴコンバインド保険勤務を経て、65年にシカゴ『サクセス・アンリミティッド・マガジン』編集長に就任。72年から76年まで、同社の代表を務める。そのかたわら、『世界一のセールスマン（邦題＝地上最強の商人／日本経営合理化協会刊）』を執筆し、文壇デビュー。『この世で一番の奇跡』は彼の第２作目。以後、次々とベストセラーを世に出し、世界で最も多くの読者を持つ自己啓発書作家として知れ渡る。また米国屈指の講演家として活躍。96年に突然他界。生涯で19冊の本を執筆し、世界22カ国で3600万部売れたと言われ、いまだに着実に読者を増やし続けている。他翻訳本に『この世で一番の贈り物』『人生は素晴らしいものだ』（以上、ＰＨＰ研究所）、『あなたに成功をもたらす人生の選択』（ＰＨＰ文庫）、『十二番目の天使』（求龍堂）などがある。

訳者紹介
菅　靖彦（すが　やすひこ）
作家、翻訳家、セラピスト、日本トランスパーソナル学会副会長。トランスパーソナル心理学の日本導入において中心的役割を果たす。1992年頃から創造性開発を主とするワークショップを各地で開催している。ケン・ウィルバーやスタニスラフ・グロフの主要な著作の翻訳のほかに、『ソウルメイト』（平凡社）、『自分の感情とどうつきあうか』（河出書房新社）、『男の子って、どうしてこうなの？』（草思社）などの訳書がある。主著には『変性意識の舞台』（青土社）、『心はどこに向かうのか』（ＮＨＫ出版）がある。

この作品は、1999年２月にＰＨＰ研究所より刊行された。

ＰＨＰ文庫　この世で一番の奇跡

2003年３月17日　第１版第１刷
2004年３月10日　第１版第10刷

著　者　オグ・マンディーノ
訳　者　菅　靖彦
発行者　江口克彦
発行所　ＰＨＰ研究所
東京本部　〒102-8331　千代田区三番町３番地10
文庫出版部　☎03-3239-6259
普及一部　☎03-3239-6233
京都本部　〒601-8411　京都市南区西九条北ノ内町11
PHP INTERFACE　http://www.php.co.jp/
制作協力
組　版　ＰＨＰエディターズ・グループ
印刷所
製本所　図書印刷株式会社

ISBN4-569-57916-7